Aki Sung
宋亞樹

Aki Sung
宋亞樹

雙子 上冊

言情名家 宋亞樹——著

必定有個柔亮明暖之處，能夠完整我心缺憾。

楔子

每個星期五，他總是站在右邊數過來第二根柱子的地方。

略長的斜劉海微微覆蓋單邊眉毛，清澈透亮的眼睛如玻璃彈珠似的，隱隱約約泛著漂亮的茶色，無比吸引她目光。

他單肩倚著牆，嘴角噙著菸，姿態優雅愜意，包裹在牛仔褲裡的那雙腿長得不可思議，直視前方的眼神不知在看些什麼。

又遇見他了……

她心跳略快，腳步躊躇，不知從他眼前經過時，究竟該放慢速度，還是加緊腳步？

他住在附近嗎？究竟住在哪一戶呢？既然手裡沒有提著垃圾，又是為了什麼站在這裡？他在等人嗎？

倒垃圾明明是件毫不浪漫且習以為常的日常瑣事，可自搬到這裡來之後，竟莫名染上些微粉紅氣息。

躂躂躂——她深呼吸了一口氣，手裡拎著垃圾，垂首從他面前走過，耳邊聽見的不知是她慌忙的腳步聲，還是不受控的心音。

「很重吧？我幫妳拿。」經過他面前時，他忽爾伸出一隻手，橫在她眼前。

她嚇了一跳，揚睫睞他，視線與他相交。男嗓輕柔，望著她的眼神乾乾淨淨，唇邊有著敦親睦鄰的幽微笑意。

「不、不用了……謝謝你。」她心跳快得像要跳出喉嚨，畢生從未如此慶幸她手上提著一包二十五公升的大垃圾，為她製造與他交談的機會。

可惡！早知今日能與他近距離說上話，她應該化個淡妝再下樓的。

「不必客氣，妳搬來幾個月了吧？我時常看到妳，我就住在——」男人微笑，一手欲接過她手裡的垃圾，另一手伸指比向他所住的大樓。

「啊！對不起！等我一下！」遠方垃圾車的〈給愛麗絲〉音樂音樂越來越接近，她顧不得他指著的方向在哪兒，只得急匆匆地往前跑。

拜託！老天爺！只要一下下就好，她向來跑得很快，只要她回來，就可以好好與他聊天，或許還能得知他的名字，她……

不見了！才不過十幾秒鐘的光景！

視線慌忙搜尋：騎樓、長廊、柱子……哪裡還有那道俊逸挺拔的身影？

一瞬天堂一瞬地獄不過如此，排山倒海的失望有如拳頭重擊她的肚腹。

她難掩內心失落，拖著沉重無比的腳步，回到她小小的蝸居。

✲

他出現了！

歷經了好幾個星期五的撲空之後，她終於在某個早晨再與他相遇。逼仄的早餐店裡，塞進了那道人高腿長的身影，瞬即變得熠熠生輝，就連頂上的陽光都相形失色。

他今日戴上了一副黑框眼鏡，雙腿交疊在早餐桌下，從容看著報紙的神情一樣優雅自適，令她久久無法移轉視線。

那天是她太莽撞，連他的話都還沒聽完便匆匆跑離，今天一定要好好和他說句話才行。好！至少去向他道個歉也好！

她鼓足勇氣，行至他桌旁，開口的話音細緻抖顫。

「哈嘍！還記得我嗎？謝謝你之前想幫我倒垃圾，還有，對不起，我那天因爲趕著倒垃圾，沒有聽你把話說完……對，你上次說得沒錯，我剛搬到這裡不久，就住在後面那棟樓的九樓。我叫藺如眞，『藺』是藺相如那個『藺』，『如』就是如果的『如』，『眞』是——」

啪嘶——男人大動作闔上面前報紙，中斷她滔滔不絕且一廂情願的話語。

薄薄鏡片後望著她的眼神波瀾不興，眸中一點情緒也沒有，陌生得如同他們不曾見過。

「妳認錯人了。」男人聲音平板，毫無溫度。

「什麼？」男人的神情與眼神太冷，冰得她一身透寒，藺如眞全然反應不過來。

「請妳離開，妳打擾到我了。」男人再度攤開面前報紙，澈底遮住藺如眞既羞窘又困惑的臉龐，將她如同髒東西般隔絕。

「對不起……」她幾不可聞的嗓音被無情地蒸散在惱人豔陽下。

原來她被討厭了啊，如今再向他說對不起似乎已經沒用……

藺如眞喪氣地旋足回身，決定離開這個令她尷尬無比的場合，說不清心中的感受是委屈還是懊惱。

「嘿，是妳！」才走沒幾步，一道有些熟悉的聲嗓陡然喚住她的腳步。

藺如眞疑惑揚眸，雙唇微啓，望著眼前聲源的眸光充滿不可思議，覺得自己就快要精神分裂。這不就是剛剛要她離開的那一位嗎？

「你……明明要我別打擾你……」現在又來主動攀談是怎麼回事？

他難道當她是毫無脾氣的洋娃娃，任他搓圓捏扁，招之則來揮之即去？

「我？」男人食指納悶地指向自己。「我沒有啊。」回答十分無辜。

「有啊，剛剛在早餐店，你明明……」蘭如真一邊回話，一邊旋身比向後頭，比到一半，心頭突地湧上某種怪異。

不對，這條小巷是單行道，早餐店在她後方，假使他繞過她，走到她前頭來喚她，她也不可能沒有察覺他從她身旁走過……

「你……剛剛……明明……」蘭如真突然不知該從何說明如今情狀，更不知該如何問起，盯著眼前男人的眼神怔怔的，盈滿困惑。

「李陽，你很慢。」背後驀然傳來另一道有些相似，又不是太相似的男嗓。

蘭如眞一愣，偏首，便撞見另一張一模一樣的臉，唯一不同的，僅有鼻梁上掛著的那副黑框眼鏡。

「我早餐都吃完了，報紙不知看了幾遍，你到底在摸什麼？」眼鏡男人出聲抱怨，口吻不悅得如同寒冰。

這是早餐店裡的那一位？那剛剛叫住她的，沒有戴眼鏡的又是誰？蘭如眞匆忙回身。

「李烽，你很沒耐性。」沒戴眼鏡的那張臉爽朗地笑了，燦爛得如同頂上澄空。

蘭如眞左右來回瞧了又瞧。

一模一樣的臉龐，截然不同的溫度與氣場……

「你們……是雙胞胎？」蘭如眞驚愕無比地做出一個再簡單不過的結論。

「是啊。」其中一人燦笑。

「廢話。」另一人挑眉。

兩道男音同時回話，至於哪句是誰說的，不需特別說明。

雙子，是藺如眞新居裡的新鄰居。

1

藺如眞住在905號房。

顧名思義，就是九樓的五號房。

由數棟大樓集合而成的住宅區，就像一般隔成數間套房出租的大樓一樣，沒什麼特別，正如同藺如眞這個人——蓄著齊眉的劉海，頭髮及肩，五官縱然清秀，可並沒有什麼令人眼睛一亮的記憶點。

求學時，就讀一間並不特別出類拔萃，也並不特別糟糕的大學；畢業後，從事一份並不特別出色，但也並不至於令人皺眉的工作。

就像大多數人，明明一直往前跑，卻不知道爲何而跑，領一份吃不飽也餓不死的薪水，在水泥叢林裡汲汲營營，日復一日過著同樣的生活。

沒什麼好挑剔，但也沒什麼值得滿意。

她的工作也是如此——校對，文字校對。

文字校對有什麼特別？沒有。

事實上，就連她來做校對這份工作，都是在出版業親戚缺人的狀態下，急急忙忙找她來救火的。

從大學畢業之後到現在，校對工作一路做了三年，做到二十五歲的現在，已經由最開始的忐忑不安，訓練成半個老江湖。

無論來了什麼稿子，所有的字在她眼中只有兩種：正確的字與錯誤的字。

標點符號可能稍微多一種：對的標點、錯的標點，和可以選用替代的標點。

校對時的情緒同樣也有兩種：一種是校到錯誤率很低的稿子，沒別的，成就感低到想睡而已；另一種則比較刺激，校到錯誤率非常高，毫無邏輯，文句超級不通順，完全不知道作者在寫什麼鬼的那種稿子，當然也沒別的，暴躁到想殺作者而已。

這份工作無聊嗎？非常。

甚至，即便校稿校到眼睛脫窗，累得要死要活，成書上根本還不會有她的名字。

她是書本的背後靈，存在感很低，就算飄出來也嚇不到人。

不過，即便生活如此平淡，工作如此無聊，偶爾還是能找到幾件開心的事，比如，校到「離人」的稿子。

靜。闃深的靜。

唯一點綴在黑夜裡的，是幽微的金屬聲響，與細小的鼾聲。

他們把她關在那間房裡，用鐵鍊拴住她的腳，一端繫綁冰冷床柱，一端束縛溫熱足踝。鐵鍊長度算得精準，恰好足夠她能移動到浴室解決生理需求，卻不足以離開這間連一扇窗也沒有的陰暗牢籠。

他們施捨她天大的恩惠，配給她與拴在屋外那隻黑色土狗同樣的三餐，擁有最卑微的自尊，與最低限度的自由。

她不是犯人，卻犯下更滔天的罪刑。

她令家族蒙羞，罪無可赦。

「如眞、藺如眞！發什麼呆？我已經叫了妳好幾遍！」背後傳來的女聲驀地將藺如眞從眼前稿件中抽離。

「嚇！」眸光膠著在電腦螢幕上的藺如眞差點從椅子上跳起來。

那是「離人」的文字。

冰冷孤絕，毫無溫度與熱情，帶點莫名的懸疑詭譎，和時下受歡迎的輕快俏皮文風全然不同，卻總能吸引她不停看下去。

究竟是犯了什麼罪，才會被家人鍊在房間裡？

慘了……她剛剛有注意文章中有標點與錯字嗎？她好像忘了……

「還發呆啊？藺如眞，妳這種少根筋的天然狀態什麼時候才能改一改？」旁邊那道女聲霎時揚高了好幾度，對尚未回神過來的藺如眞十分不滿。

「表姊，妳小聲一點，我耳朵都痛了。」藺如眞扯了扯耳朵，一副眞的很痛的模樣。

「小聲一點？我不大聲妳聽得見嗎？」說話的女子是路歡，藺如眞的表姊，也是當初找藺如眞來出版社當校對救火的親戚，更是「離人」的責任編輯、出版社的總編。

「好啦，對不起嘛……」藺如眞吶吶道歉，齊眉劉海下的雙眼圓滾滾、亮燦燦，十分無辜。

「我要出去，中午跟作者約了吃飯，妳記得把手邊該校的校完，還有，外包的稿子也該收回來三校了。」

「好，我早上有催過，等等再去要。」

「下週來得及進版廠？」

「一定可以，我今天會拚死做完的。」

「今天？妳不是每個星期五都要準時下班？」

「我還有星期六、日，不怕。」

「妳交男朋友了？」

「哪有？妳哪隻眼睛看到我身邊出現過男人了？」

「那不然為什麼每個星期五都要準時下班？」

「因為……要倒垃圾。」雖然，倒垃圾這件事跟男人也有點關係啦，蘭如眞笑得有些心虛。

「呿，隨便妳。」路歡本來已經回身走了幾步，又饒有興味地折回來。「欸？怎不問我約了哪個作者吃飯？」

「那是妳的事，幹麼問？我對作者又沒興趣。」

「是妳最喜歡的。」路歡揚高了眉。

「離人？」

「嗯哼。」

「我喜歡他的故事，又不是喜歡他的人，他長得是圓是扁又怎樣？」蘭如眞哼哼。

「很帥哦！」雖然性格有點古怪，不過，眞的長得十分俊秀。路歡吊人胃口，試圖引起蘭如眞興趣。

「哦。」只可惜蘭如眞興致缺缺。其實，她回家倒垃圾還會遇見更帥的呢！

蘭如眞笑容神祕地將只有她自己知道的祕密嚥回去，出聲趕人。「妳快出門啦！我要加緊腳步了，有什麼狀況再打給妳。」

「好啦！加油。」路歡披上時尚感十足的長版風衣，踩著高跟鞋離開辦公室。

蘭如眞振奮精神，深呼吸了一口長氣，再度埋回電腦螢幕裡。

加油！努力！這次絕對不能再被故事情節吸引了，得趕在垃圾車到達前回家才行。

李陽、李陽，只有星期五才會出現的，優雅親人的李陽。

蘭如眞工作效率飛快，但動機絕對不良。

✯

〈給愛麗絲〉來了又走了，蘭如眞四處張望，頻頻回首，怎麼也沒能找到那道總是站在第二根柱子旁的身影。

今天眞的不會出現嗎？再等一下下好了。

兩分鐘、五分鐘，十分鐘……時間一分一秒地過去，蘭如眞越等越沮喪，終於，確認前後左右都沒有那道心心念念的身影之後，雙肩一垮，決定自暴自棄。

「老闆，我要一份鹹酥雞、魷魚、四季豆、銀絲卷、花椰菜、甜不辣，百頁豆腐……啊！還要一份雞皮，加一點辣。」蘭如眞走到附近的小攤販，決心放棄體重，趁著等鹹酥雞的空檔，還轉去便利商店買了兩瓶啤酒。

鹹酥雞配啤酒，吃吃吃，肥死她好了。

Friday Night，Fatty Night，反正帥哥不在，愛怎麼吃就怎麼吃。

蘭如貞散步回家，一手拎著啤酒，一手叉了塊炸物往嘴裡送。

「嘿，是妳。」身旁驀然傳來一道男聲。

「咳咳咳咳咳！」想嚇死誰啊？蘭如貞差點沒被噎死。

「妳還好吧？需要水嗎？」男聲再問。

「不必。」蘭如貞搥了搥胸口，十分狼狽地將嘴裡那塊肉嚥下去，揚眸看清來人，又差點將那塊肉吐出來。

「李陽？咳咳咳咳咳！」蘭如貞再度嗆咳了起來。

「是，是我。」她實在咳得太厲害，令李陽不禁伸手拍了拍她的背。

怎麼每次遇見李陽的時候，她總是冒冒失失的呢？

蘭如貞太灰心也太挫敗，以至於完全沒發現那隻搭在她背上，替她拍背順氣的手來自李陽，否則她恐怕又會嗆咳得更猛烈。

「好多了嗎？」聽蘭如貞咳音漸緩，李陽問。

「好多了，謝謝。」蘭如貞昂首，視線與李陽對上，又慌忙垂下，略略紅了兩頰。

想要維持平常心注視李陽實在太難了，他的眼睛真的是茶色的，眼睫纖長，眸光燦然清澈，像要把人吸進去似的，好漂亮……

「買消夜？」李陽望了望她手中提袋，十分熟稔地與她搭話。

她看起來年紀很輕，大學生模樣，氣質乾淨討喜；他向來敦親睦鄰，待人和善，對見過幾次面的新鄰居自然態度親切。

「嗯。」蘭如眞點頭。

「一個人吃？」李陽瞥向袋中那幾乎滿溢的分量。

「當然！」就算是兩個人，也得說是一個人，免得李陽誤會她有男朋友。蘭如眞飛快作答。

「妳胃口眞好。」李陽揚睫，淡淡笑了。

「……」胃口眞好？胃口眞好?!她錯了，她不該回答這題的！蘭如眞如遭雷擊。

她這麼回答簡直像和心上人坦承自己是大食怪沒什麼兩樣，蘭如眞想咬掉自己的舌頭。

「我不是時常吃這麼多的，只是剛剛下來倒垃圾，一時嘴饞……」慢著，改成這種說法並沒有比較好，蘭如眞越說越懊惱了。

眼見巴掌大的臉上紅潮越漫越洶湧，李陽唇角勾了勾，似乎對於女性時常在他面前感到困窘害羞這件事非常習慣，適時輕巧地轉移話題，化解她的尷尬。

「我一直很想問妳，妳是住在那棟樓，對吧？」纖長且指節分明的手指比向前方。

「對，九樓。」聽見話題被轉走，蘭如眞如釋重負地直點頭。

「爲何垃圾不放在垃圾處理區，要親自下來倒？還是妳剛搬來不久，不知道地下室有垃圾處理區？」

「剛開始是不知道，所以才……可是後來……」簡單一句話，藺如眞說到後來，又不知該從何解釋比較好。

後來，就發現會遇見他，所以，更需要時時倒垃圾，唔……

糟了，藺如眞發現她不只是相貌平平而已，就連說謊的技術也非常平平，不，這根本是水平線下了，一點也不平。該怎麼說呢？

「後來？」李陽一臉不解地望著她。

「後來就……習慣了，趁機下樓活動筋骨也很不錯，不然每天都坐著，腰痠背痛，哈哈哈。」天大的謊言啊，能坐著就不站，能躺著就不坐絕對是藺如眞的座右銘，誰想活動筋骨？

「每天都坐著？」李陽挑眉。

「嗯，我做的是文字工作，需要時常坐在電腦前。」

「文字工作啊？那倒是和我的工作有些相關。」李陽又淡淡笑了笑。

「眞的？你也是文字工作者嗎？你——」

鈴——藺如眞話還沒問完，李陽的手機便響了，李陽拿起手機，瞥了眼來電顯示。

「如眞，我和朋友有約，有機會再碰面，再見。」李陽朝她擺手，回身離開。

「呃？噢，好，再見。」藺如眞戀戀不捨地看著李陽的背影走遠，離情依依地向他道別，心臟撲通跳了好大一下。

他喚她「如眞」……他記住她的名字了！

怎麼有人可以長得這麼好看，舉止這麼優雅，聲音又這麼好聽呢？

縱然已經過了迷戀偶像的粉紅青春期，可是，身旁有這種明星般光芒四射的人物，還是令人非常難以招架呀。

他應該住在附近，不曉得究竟住在哪一戶呢？

藺如眞一邊胡思亂想，一邊拎著鹹酥雞與啤酒走回自家大樓。

刷了門禁卡，走進電梯，按下九樓鍵，鼻尖嗅著難以忽略的鹹酥雞氣味，藺如眞正暗暗慶幸電梯內沒有別人，否則提著這種味道濃烈的食物多不好意思時，外頭卻驀然傳來一串急促的腳步聲。

幾乎快闔上的電梯門扇中間插進一隻手，電梯門自動往兩側滑開。

藺如眞本能反應按住開門鍵，讓外頭的人順利進來，狹小的電梯空間內立刻擠進一個戴著黑色毛線帽與黑框眼鏡的男人。

男人身形修長，寬肩長腿，近乎九頭身的比例完美，帽簷壓得極低，緊貼眉毛，鼻梁懸掛黑色膠框眼鏡，藺如眞一時沒能仔細瞧清他的容貌。

「幾樓？」藺如眞站在控制面板的那一側，很自然地開口。

男人偏首，足足高她一個頭的視線越過她，毛線帽下的淡漠眼神瞟向已經亮著的九樓鍵，接著面無波瀾地轉過頭去，靜默沒有回應，澈澈底底將藺如眞當空氣。

什麼啊？眞沒禮貌，就算是要跟她到同個樓層，好歹也說句謝謝吧？藺如眞瞪著關上的電梯門扇心想。

不過……算了，這麼沒禮貌也好，這樣她就不會對拎著鹹酥雞搭電梯這件事感到抱歉，他好像也不在意……嚇！

「對不起，我馬上把袋口綁起來！」男人冷冷一眼掃過來，清冷的視線終於與藺如眞對上，先是望向她，再嫌惡地飄向她手中提袋。也不知是他的眼神太肅殺還是怎樣，藺如眞背脊一涼，馬上道歉，連忙將塑膠袋兩端把手拉起來，慌慌張張要綁，綁到一半，又驚覺不對，手中提袋險些落地，倉皇穩住。

「李陽？」對著眼前容顏脫口喚出聲之後，藺如眞馬上就知道她錯了。

不，不是李陽，怎麼可能是李陽？

即便是同樣好看的臉，同樣傲人的挺拔身形，可是，眼前男人的眼神這麼冷淡，態度這麼冰冷，而她曾經在他那裡碰過一次很大的釘子，怎麼還會將他錯認爲優雅親切的李陽？

李烽。毫無疑問，這當然是李陽那個冷冰冰的雙胞胎哥哥。

眞倒楣，居然碰上他……說也奇怪，就算李烽沒說什麼也沒做什麼，光是站在那裡，便令人感到心神不寧、度日如年，室溫足足下降好幾度。

老天爺，爲什麼有人可以令人這麼不舒坦呢？蘭如眞不知在跟誰賭氣似地皺了皺鼻子。

明明就是同樣的眼睛鼻子嘴巴，早些時候看到的李陽多看幾小時都看不夠，而眼前的李烽卻連多盯一秒鐘都覺得渾身不自在。

兄弟倆是雙胞胎不是嗎？怎麼氣質差這麼多？給人的感受也差這麼多？

蘭如眞拎著隱隱飄散氣味的鹹酥雞，不自在地收束手指，就連雙腿也併攏了些，第一次覺得電梯上升到九樓的時間如此漫長。

四樓、五樓……蘭如眞目不斜視，直勾勾地瞪著樓層顯示，幾乎要將眼前面板瞪穿，巴不得電梯上升的速度能再快些。

六樓、七樓……幸好，就快到了，蘭如眞吁了一口長氣。

假如，這是一本俗濫老哏的愛情小說，電梯一定會在這時候故障，而她一定會跟討人厭的李烽困在一起，然後，就會發生一些討人厭的事情。

幸好，這不是一本俗濫老哏的愛情小說……

匡——才正這麼想著，電梯似乎搖晃了一下。

不是吧？蘭如眞扶住牆緣，微微變了臉色，這一定是錯覺，沒事的，不要自己嚇自己。

嘎嘰——電梯又發出好大一聲巨響。

開玩笑的吧？好的不靈壞的靈只是都市傳說，她只是無聊想想而已，並沒有配備烏鴉嘴技能，更何況她根本還沒有說出……

喀——電梯驟然停止，藺如眞臉色驚白。

「電梯……你有覺得電梯怎麼了嗎？」不願接受事實的藺如眞，顫顫巍巍地問了李烽一個相當愚蠢的問題。

「當然是壞了，不然呢？」李烽毫不留情，連看也不看她一眼，好像還說了什麼。

不是她的錯覺……電梯眞的停下來了，李烽也還是始終如一地討厭，他以爲他罵她的那個「蠢」字很小聲嗎？

可惡！藺如眞想哭。

✵

「是，欣湖路一段155號，電梯編號1595。電力及空調系統都正常，受困人數兩位，位置在七樓與八樓之間。」按了緊急通話鍵通報管理員之後，李烽接著又打了面板上的服務電話至電梯公司報修。

「對，請盡快安排人員協助處理。」李烽淡漠地結束通話。

他的反應太快，動作太流暢，面色不改，話音平淡，就連短暫停頓也沒，行雲流水，一氣呵成。

簡直是太帥氣又太可靠了！雖然不喜歡他，但還是會覺得驚慌時身旁有這種同伴眞好。

藺如眞傻愣愣地注視著他，那把醇厚男嗓太沉穩，冷峻側顏太淡定，令她不由得產生了某種懷疑——

「你……時常被困在電梯裡嗎？」不能怪她，很難不這麼聯想，怎麼他好像非常擅於處理這種狀況？

誰會倒楣到時常被困在電梯裡？李烽睇眸瞥她一眼，不做回應。

「那個……我們不會有事吧？」縱然不喜歡李烽，但眼下情狀太駭人，電梯內又只有他們兩個，藺如眞不得不朝他發問。

仔細聽清她的問句，李烽眉心微微兜攏，長腿一邁，走向離她最遠的那側角落，背對她、面牆，拿出背包裡的耳機戴上，阻絕她的聲音，閉上長眸，也將她驅離視野。

很好，這下聽不到也看不到了，不吵鬧也不礙眼，李烽緊皺的眉心舒展開，就連緊抿著的雙唇似乎也放鬆了些，戴著耳機的俊顏看來自在許多。

什麼嘛？幹麼不理人啊？

算了算了，管他的，既然他看來不慌不亂，還有閒情逸致戴耳機聽音樂……應該是音樂吧？管他在聽什麼，總之，是聽個什麼東西就對了，而電梯又呈現靜止狀態，應該就代表沒有什麼立即的危險吧？

謝天謝地，也幸好李烽沒有像小說裡的男主角那樣有幽閉恐懼症或是童年創傷，需要她安撫，不然對著他這種冷冰冰的冰塊樣，沒掐死他就不錯了，哪裡還同情得起來？

藺如眞偏頭想了想，從剛才李烽的談話裡，可以隱約猜到，電梯公司就要派人來處理了，現在只要等待救援，打發跟討厭鬼一同受困的時光就好了吧？

藺如眞一顆懸吊老高的心終於放下，望了望手中的鹹酥雞提袋，再看看李烽完全把她當空氣的背影，朝他的背影做了個大大的鬼臉。

✲

答、答答，滴答——

被關在電梯裡的時間過得很慢，雖然戴上了耳機，但歌曲及歌曲接續之間的短暫停頓，安靜得彷彿僅能聽見手錶上秒針行進的聲音，簡直令人心慌意亂、手掌沁汗。

十五分鐘……從管理員與電梯公司說要派人來處理故障之後，居然只過了十五分鐘？

果然還是太勉強了嗎？

李烽拿下耳機，試圖調勻越來越快的呼吸，卻聽見後方隱約傳來吸鼻涕的聲音與紙張翻動的聲響，很像是啜泣聲……

與他一同受困的鹹酥雞小姐在哭？

李烽深呼吸了口氣，努力壓抑胸口那越漸上湧的難受，沒有回頭確認，僅是如此猜想。

其實……說幾句話也不過就是幾秒鐘的時間而已，他大可以出言安撫鹹酥雞小姐，只不過，他對於追著李陽跑的女人沒有興趣，對於錯認他與李陽的人更沒好感，不想理藺如眞只是剛剛好而已。

即便她嚇壞也不關他的事，即便她和他同樣要去九樓，即便她和他住在同一個樓層也無所謂，他才沒空敦親睦鄰，他原本是這麼想的。

可是，她竟然哭了？居然害怕到哭出來嗎？

原來她和他一樣，對密閉空間感到不適……

李烽抿了抿唇，頓時有種自己太不近人情的錯覺，於心不忍，清了清乾澀的喉嚨，破天荒地開口：「只是線路異常而已，沒有下墜的危險，電梯公司很快就派人來修理了。」

但是，回頭的第一秒，李烽就知道他錯了，藺如眞和他想像中的完全是兩回事。

藺如眞坐在地上，眞的是大剌剌坐在地上，將鹹酥雞紙袋攤放在面前，手裡拿著竹叉，一邊嚼著嘴裡的食物，一邊哭得淚眼汪汪。

「好……好辣。」藺如眞看見李烽回頭，眼睛鼻子眉毛都紅紅的，指著面前那袋鹹酥雞，對他訴說得滿臉委屈。

「我跟老闆說要一點辣，老闆可能聽成辣一點，又或是老闆根本想殺我……呼唔，眞的好辣……」擤——她用力吸鼻。

李烽突然覺得，不只是鹹酥雞老闆，他也很想殺她，剛剛他爲何會冒出同情她的念頭？

對於天生大神經且胸無大志的藺如眞而言，所謂的「被電梯故障嚇壞」不過是短短幾秒鐘光景罷了。

「鹹酥雞冷掉眞的很難吃啊！」見李烽嘴角顫動，一副很受不了她的模樣，藺如眞突然覺得應該要爲自己在電梯內吃鹹酥雞的行爲辯解一下。「而且，就算電梯掉下去，至少我不是餓死的。」

「……」一念之仁果然會令人萬劫不復，李烽越來越後悔回頭找她搭話了。

「你要吃嗎？」在李烽幾乎快被她雷翻之際，藺如眞揚了揚手中竹叉，又補上一句。

「妳上次是怎麼自我介紹的？」李烽揉了揉眉心，對她跳躍式的問句感到無能爲力。

「咦？」藺如眞愣了會兒，毫無心眼地答。「我叫藺如眞，『藺』是藺相如那個『藺』，『如』就是如果的『如』，『眞』是——」

「妳以後只要說是讓人『如坐針氈』那個如針就好。」李烽下了一個再貼切不過的結論。

如坐針……慢了好幾拍的藺如眞終於反應過來了。

「一點也不好！好你個頭啊好?!」蘭如眞想拿手上竹叉叉他，這人還能再沒禮貌一點嗎？可以。

「繼續跟妳待在一起，不只頭，手腳眼睛鼻子耳朵嘴巴通通都不好。」李烽盤胸瞪她，深呼吸，驚覺胸口壓迫的感受似乎沒有方才嚴重。

是因爲跟她談話轉移了注意力嗎？

李烽不經意地按了按胸口，呼吸得來不易的氧氣。

「你以爲我愛待在這裡啊？」蘭如眞完全沒注意到李烽略微蒼白的臉色與按壓心口的動作，猶自蹦蹦吵嚷。「要不是電梯壞了，你以爲誰想跟你待在——」

「安靜。」縱然被轉移注意力很好，但她實在太吵，李烽嫌惡地瞪著她，回過身，又要將耳機戴上。

討厭死了！傲慢！目中無人！自以爲是！他以爲他長得帥一點就可以這樣嗎？人家李陽可是頂著一副跟他同樣好看的皮囊，也沒這麼跩。

她才不要聽他的話安靜呢！

蘭如眞跑到李烽眼前，伸手阻止他戴上耳機，唯一念頭就是跟他賭氣，不要順遂他心意，然後，那個問句很自然就跳出來了。

「喂！你知道李陽喜歡什麼類型的女生嗎？」到底是因爲她眞的很想知道這題的答案，還是因為她與李烽沒什麼共同的話題，僅能從李陽身上找？

蘭如眞其實搞不太懂，總之，她就是這麼沒頭沒腦地問了，然後，問出口之後，臉色瞬間炸紅。

她到底在問什麼？好可恥……

李烽睇睞，細細盯瞧她羞窘的模樣。

果然，如他所想，她是那種對於李陽別有所圖，追在李陽身後跑的無聊女子。不過，她這麼坦白，倒是不惹人討厭，和迂迂迴迴、彎彎繞繞且支支吾吾比起來，他比較喜歡開門見山、速戰速決。

「不是妳這類型。」李烽答得很坦白。

「不是我……欸，不對，我究竟是哪類型了啊？你才見過我幾次面而已。」蘭如眞抗議，哪有這麼快被定型的？

「很蠢的類型，長相平凡的類型，會在電梯裡吃鹹酥雞的類型。」李烽答得毫不遲疑，不知道為什麼，答完之後看見她五雷轟頂的表情，居然有點想笑。

「你才很蠢，你全家都很蠢！」太過分了，蘭如眞一秒鐘就跳起來了。

「哦？我全家？包括妳喜歡的李陽？眞不巧，他是我弟。」

可惡可惡可惡！她當然知道李陽是他弟，更不巧的是，他們還是雙胞胎，還長得一模一樣呢！她又不是瞎子，爲什麼她會說出這麼愚蠢的話?!一定是因爲李烽太會激怒人了！

「不跟你說了！」聽他的話閉嘴會不甘心，但跟他講話會氣死，藺如眞已經不知道她究竟是在整誰了。

這麼快就放棄了？戰鬥力：零。

李烽好整以暇，看著她蹦蹦亂跳的模樣，想笑的念頭竟越擴越大，胸口的不適感似乎好了許多。

「哼哼。」藺如眞不理李烽，坐回原地，忿忿對付面前鹹酥雞，無奈太生氣，叉子還刺穿袋子叉到手指，氣得她又是一陣哇哇亂叫。

眞是個單純的人，喜怒形於色，一戳就有反應，不禁讓他聯想到某個曾經令他感到非常柔軟的人……李烽盯著她愚蠢至極的舉止，微微扯唇，沒發現自己眞的笑了。

「妳只要適時表現出對我的興趣，李陽就會喜歡妳了。」李烽說得再自然不過。

「什麼？什麼意思？」藺如眞嘴裡塞滿食物，不可置信地凝注他。他說的每個字都是中文，但組合在一起的意思怎麼那麼難懂。

「就是字面上的意思。」李烽對於自己的多嘴感到有些懊惱，和她說這些做什麼？她不是她……他焦躁揮去腦中短暫出現的影像。

「什麼啊？既然說了，就解釋清——」藺如眞不服氣地追問。

「李先生，這裡是日曜機電，請問您聽得見嗎？」牆壁上的對講機突地傳來聲音，中斷了蘭如眞的問句。

「是，我聽得見。」李烽走到對講機旁應答。

「是這樣的，機組人員已經來到現場，正展開全面檢修，排除故障，稍後電梯或許會有些微晃動及聲響，請您與電梯內其他的人員不要慌張，待我們順利排除故障之後，會盡快接各位出來，眞的非常抱歉。請問您目前狀況都好嗎？有其他需要協助的地方嗎？」

李烽抬眸睞向蘭如眞，以眼神詢問她的狀況，蘭如眞朝他搖頭，接著站起身來，收整地上的東西。

「沒有。」李烽優雅從容地答。

眞是的，明明就覺得李烽那麼討厭，偏又覺得有他在這麼可靠，這到底是什麼複雜的矛盾感受啊？蘭如眞一邊收東西，一邊聽著李烽回話，越想越悶。

胡思亂想到一半，聽見李烽已經結束對話，又猛然想起方才還沒問完的問題，走到他面前，繼續追擊。「你剛剛說李陽……嚇！」

電梯無預警晃動，蘭如眞踉蹌了好大一下，鼻尖撞上李烽胸膛，牢牢實實撞進他懷裡。

「對不起！」蘭如眞雙手撐扶他胸膛，抬首向他道歉，眼神一與他相交，卻瞬間啞口，說不出話來。

鏡片後的那雙眼好美……他的瞳色比李陽深，兩汪深潭似的，有如靜闃之湖，能夠膠著人目光，令人忘卻言語；他身上的衣服有曬過太陽與柔軟精的香味，或許還混合他的氣息，聞起來很舒服，讓人頭昏昏的……

蘭如眞傻傻地盯著他，早忘了她本來想說些什麼，遲遲沒有反應過來。

「妳究竟還要黏著我多久？」李烽眉頭深鎖，嫌惡地推了推她。

「嚇！」意識到她竟如此失禮，蘭如眞慌忙從他身上彈開。

「我、對不起，我弄髒你的衣服了嗎？」蘭如眞抬手想擦拭他胸前衣料。她剛吃過鹹酥雞，嘴巴油油的，說不定沾到他衣服……

「別碰我！」李烽驀然大吼，猝然向後退了幾步。蘭如眞被他嚇了好大一跳，傻愣愣地呆在原地。

到底是怎麼了？幹麼突然吼人啊？

而且，奇怪，是她的錯覺嗎？他是不是臉色有點發白，身體有些發顫？是她眼花了嗎？

「欸，李烽，你還好嗎？」蘭如眞不放心地追問，想走近他，又不敢輕舉妄動，只好戰戰兢兢地佇在原地。

李烽環抱手臂，緊抿雙唇，其實根本沒聽清蘭如眞在說些什麼，只覺耳朵嗡嗡作響，腦袋發脹。

追著李陽跑的女生、喜怒哀樂都寫在臉上的天然大神經、柔軟的女性身體、過分親暱的肢體接觸……

這一切都太似曾相識，勾起他某些不願憶及的往事，回憶中的那張秀美臉龐越來越清晰，胸腔怦怦直跳，呼吸似乎又急促了起來，難以控制……

「李先生，聽得見嗎？我們要調整電梯車廂位置，撬開大門，請兩位握緊扶手，站離門邊。」對講機那端又傳來聲音。

「好。」李烽與藺如眞聞言照做。

藺如眞一邊等待救援，一邊小心翼翼地觀察著看來明明很沉穩，卻又說不出哪裡不對勁的李烽，心頭怪異越來越甚。

不多時，電梯大門終於順利打開——

「李先生，還有這位小姐，眞抱歉，讓兩位受驚了。這次的故障是起因於……」管理員與機組人員忙著解釋。

「不會。」李烽沒聽他們把話說完，便逕自從容地邁步離開電梯，步伐優雅，留下盯著他背影若有所思的藺如眞。

離開了他人視線之後，李烽平緩的腳步才越行越快，匆忙地以一種逃難的速度奔離令他感到渾身不自在的一切——包含故障的電梯、密閉的空間、不願回憶的往事，還有，令他想起她的藺如眞……

李烽臉色發白，步伐凌亂，倉皇地回到903號房。

果然還是太勉強了……

他關上房門，背倚著門板，拿出隨身攜帶著的紙袋，神情痛苦地對著當中大口吸氣。

2

好痛苦……腳踝被鐵鍊拴著的地方早就磨破，鐵鍊生鏽，傷口潰爛，好了又傷，傷了又好，日復一日，就像她永遠走不出這個房間一樣。

她早就忘記是怎麼開始的。

最初，她很自由，和一般的小孩一樣，爸爸喜歡她，媽媽愛她，親戚們看見她，都稱讚她是個小可愛，每逢過年過節，都要把她打扮得像個洋娃娃，在鄰里間到處炫耀。

直到有一天……對，她想起來了，一切都是從那一天開始的。

他們說她已經夠大了，可是卻不會說話，已經該會自己換衣穿鞋了，但她卻連拿湯匙吃飯都沒有辦法，鎮日只會傻乎乎的笑。

他們說她和其他的小孩不一樣，說她有病。

她不明白，他們不是一直很愛看她笑的嗎？爲什麼她現在和以前一樣努力拚命地笑，他們卻說她有病？難道兩歲的時候笑，和八歲的時候笑不一樣嗎？

她不知道她有什麼病，只知道從那天開始，媽媽時常抱著她一直哭一直哭，全家人瞪著她的眼神像看著隻惡鬼，就像她做了天大的錯事。

接著，他們找了道士來，拿著法器在她耳邊搖得噹噹作響，朝她臉上噴黏乎乎的口水和酒，在她身上灑鹽和米；燒了很多黃紙扔進水裡，強迫她喝下。

她不知道發生了什麼事，只覺得害怕。

大人臉上的表情很嚴肅很沉重，口口聲聲說要趕走她身上的髒東西，媽媽甚至跪地哀求道士叔叔，吼得聲音都啞了，嗓子都破了。

可是她怎麼看，都覺得自己很乾淨，那個道士叔叔潑到她身上來的口水和酒還比較髒……

是心智遲緩或智能障礙嗎？離人這次想討論社會議題？

題材多元是好事，可是，她總覺得有哪裡不對勁，這種不對勁，和李烽說什麼要被李陽喜歡，就要表現出對他的興趣一樣，真是讓人各種猜不透啊！

還有，李烽那天電梯門一開就跑了，是不是身體不舒服？

藺如眞咬著原子筆蓋，怔怔發愣，神思才剛飄走，轉眼又被路歡嚷回來。

「離人不續約！他不簽約了！離人不續約啊啊啊啊啊啊！」路歡風風火火地衝到藺如眞眼前來，喊得像世界末日。

「不簽就不簽啊，妳的作者那麼多……」藺如眞揉了揉了耳朵，頻頻皺眉。

聽力受損能算職災嗎？繼續和路歡共事下去，她的耳朵好危險。

「拜託！作者雖然多，但這年頭能賣完首刷的作者很少啊，離人甚至還能賣到三刷四刷五刷，他是我的搖錢樹啊！」路歡抓了抓俏麗的短髮，神情焦躁。

「離人要是聽見妳這麼說，一定更不想簽的。」藺如眞好笑。

「都什麼時候了妳還笑?!」路歡瞪她。

「好嘛，對不起。」關她什麼事啊？她不過是個小校對而已，無奈路歡發起脾氣來太火爆，小孬孬藺如眞只得乖乖道歉。

「他爲何不簽？妳虧待人家？」小孬孬盡心盡力陪主子討論。

「我哪敢虧待他啊？我不是都由著他胡搞瞎搞嗎？想想他的粉絲專頁，妳知道要忍住不去幫他管理有多困難嗎？」路歡崩潰。

「哈哈哈！」不提還好，一提到離人的粉絲專頁，藺如眞就想笑。

基本上，依她校稿這幾年的經驗，從離人的字裡行間就可以推敲得出，離人應該是個非常我行我素的傢伙，而這種我行我素，不願討好他人的的性格，也充分反應在他的粉絲專頁上。

比如，某次離人分享了某本書的心得，下面就有個讀者回應：「本來不想看這本的，現在看你分享得這麼精采，眞不知該如何是好，好煩惱哦！(*ﾟДﾟ)ゞ」語末還加了個很可愛的表情符號。

也沒什麼嘛，就是一般很常見，很普遍也很可愛的留言呀！

偏偏離人就回了：「你要不要看關我什麼事，我又不用對你的決定負責。」

路歡在出版社這頭看見他的回應，一口咖啡險些噴到電腦螢幕上，從椅子上跳起來大吼大叫：「幹麼這樣得罪讀者?!」大概足足跳了兩分鐘。

可是，蘭如眞覺得很好笑，更好笑的是，離人的讀者好像也很習慣——或說是喜歡——他這種乖張不合群的性格，下方留言紛紛絕倒，一片按讚。

說也奇怪，他這種個性，怎會出來開粉絲專頁呢？他就乾脆遺世獨立不就好了？幹麼出來弄個粉絲專頁嗆讀者？還是，他只是不習慣人家跟他裝熟裝可愛？

總之，不管離人是爲了什麼原因不續約，路歡想留下離人的意願都很強烈。

「喂，蘭如眞，等等下班東西收一收，我今天送妳回家。」

「啥？今天這麼好心，妳吃錯藥？」

「離人家在妳家附近，我要再去找他談一談，可以順路送妳。」

「欸？」

「別再欸了，免費的順風車，再欸就沒了。」

「好！等我等我！」蘭如眞飛快收拾。

✵

下班後，路歡驅車來到藺如眞家附近。

「啊，糟了！我忘了買伴手禮，這附近有什麼店家能買伴手禮？」開車開到一半，路歡驀然想起，沿途左顧右盼。

「不用伴手禮吧？什麼都不買比較好。」坐在副駕駛座的藺如眞答得很快。

「別鬧了！」路歡白她一眼。

「我不是在開玩笑，我是認眞的。離人感覺起來就不像是需要伴手禮那種人，妳不是見過他嗎？他本人難道沒有散發出那種氣場嗎？可以那樣大剌剌在粉絲專頁上嗆讀者的人，哪需要什麼伴手禮啊？說不定他最討厭多禮矯情了。」雖然沒有眞正和離人碰過面，唯一認識他的管道僅能從他的稿件與粉絲頁，但藺如眞就是這樣覺得。

「……這倒是。」路歡鎖眉沉吟。

「而且，他已經表明不想再繼續合作了，妳又提著伴手禮去，不是擺明要討好他嗎？到時候只是惹他心煩。」藺如眞坦白地說。

「我就是要討好他！」路歡毫不避諱，承認得十分豪爽。

「好好好，妳說了算。」藺如眞對路歡的直腸子眞是又好氣又好笑。

「好，那就這樣。我下車去買，妳在車上等我。」路歡心意已決，尋到一家咖啡店，俐落地換檔停車，風風火火地買好咖啡和蛋捲當伴手禮，迅速回到駕駛座，再度上路。

「表姊，妳送我到這邊就好，不用送到樓下。」眼看著自家距離越來越近，唯恐耽誤路歡正事，藺如眞貼心提醒。

「什麼啊？我才不是自願要送妳，我還得拜託妳幫我開樓下大門呢！」路歡笑道。

「什麼樓下大門？」藺如眞傻傻看著路歡那一臉顯然覺得她是個天然呆的表情，看了好幾秒，才後知後覺地意會過來。

「離人跟我住在同一棟樓？」不是吧？這麼巧？

「是啊……太好了！有車位！」路歡停好車之後，朝藺如眞笑得神神祕祕。「不只同一棟樓，還同一層樓呢！」

「怎麼可能？」藺如眞被嚇壞，踏出副駕駛座的神情看來驚魂未定。「妳怎麼從來都沒有告訴過我？」

「怕妳粉絲模式打開，情不自禁騷擾人家。」路歡把伴手禮拿下來，鎖車，用手肘推了推藺如眞，示意她往前走。

「亂說！我才不會，而且妳這下還不是告訴我了？」藺如眞拿出自家鑰匙，刷卡打開樓下大門，側身讓路歡先行。

「我是應該保護作者隱私，但既然離人都不一定會續約了，那也無妨。何況妳是自己人，又這麼順路，就當作剛好巧遇，我什麼都沒說。」路歡走進大樓，吐了吐舌。

「這什麼歪理？」眞是服了路歡，藺如眞關上鐵門，哭笑不得。

她領著路歡一路上樓，未料更哭笑不得的還在後頭。

「喏，到了。」路歡在藺如眞對面的907號房站定、宣布。

藺如眞腦子當機，眞不敢相信。

907號房……這也太近了！

她從來沒想過路歡口中的「離人家在妳家附近」居然近到這種程度，簡直不可思議。

這層樓的布局是這樣的——搭乘電梯上來，入眼便是一條長廊，廊道兩旁被區隔成四間套房，分別是901、903、905與907號房，901與905在左手邊，903與907則在右手邊。

至於爲什麼只有單數房，沒有人知道，藺如眞只能猜想，約莫是房東的個人喜好吧？

總之，據說這四間套房的坪數、格局都差不多，而公共空間約莫有五坪左右，除了走廊，還有戶外陽臺，置放了洗衣機、烘衣機及晾衣竿。

可是，自藺如眞搬到這裡來之後，除了偶爾會在陽臺曬衣竿上看見懸掛著的衣物之外，從沒見過其他房客。

其實，這也沒什麼，臺北住久了，早就習慣鄰居素不相識、互不往來。不過，手上的作者和她住在同一層樓，這就太離奇了！

蘭如眞傻愣愣地站在路歡身旁，遲遲沒有實在感。路歡按了幾下907號房的門鈴，毫無回應，妝容精緻的臉龐在門前晃來晃去。

「他好像不在？表姊，妳要不要進去我家等？」蘭如眞總算消化完這一切後，體貼地問。

「別鬧了！我就要一直站在外面，表現出我已經等得天荒地老的樣子，這樣才能顯示出我很有誠意。」

「誠妳個頭啦！」蘭如眞失笑。

「好啦，別管我了，妳快回家，我在這裡沒問題的。」

「那，假如要喝水或要上廁所，都可以來按電鈴哦。」蘭如眞不放心地拿出鑰匙開門。

「知道啦，囉嗦。」路歡揮手趕她，蘭如眞只得乖乖聽話進屋。

過了二十分鐘，蘭如眞換完家居服，簡單洗漱過後，越想越不放心，打開大門，探頭探腦——路歡果然還站在907號房門口。

「表姊，妳餓不餓？要不要先進來吃點東西？」

「不用，有人來了，或許離人回來了？」路歡伸指比了比逐漸上升的電梯樓層燈號，蘭如眞的視線跟著往那裡移動。

果然，路歡話才說完，電梯門叮一聲打開，從中走出一道修長挺拔的男人身影。

「路主編？如眞？」來人看見眼前兩個女子，神情一愣。

「如眞？你和如眞認識？」路歡聽見男人的稱呼，驚訝道。

「認識。我們見過幾次。」來人望著藺如眞笑了笑，再朝路歡點了點頭。

藺如眞望著男人的笑容，腦子當機，完全弄不清怎會此時在此地碰上眼前人？今日發生的一切似乎都超展開了。

「路主編也認識如眞？」男人問。

「認識，如眞是我表妹，我送她回來，順便來找你。方便進屋打擾嗎？我們來談談新合約的事。」路歡天生直腸子，不喜拐彎抹角，於是便開門見山地說了。

「新合約？」男人揚眉。

「就是啊。」

「我以爲上次我們已經談得很清楚了。」男人眯了眯眸，神情不解。

「不，一點也不清楚，有很多細節我們需要再商量一下。」路歡不容拒絕。

「好吧，路主編，進來說話吧，一直站在這裡也不是辦法。」男人拿出鑰匙，作勢開門。

「慢……慢著，討論什麼合約？」雷龍藺如眞的中央處理器顯然還沒發揮效能。

「離人的合約。」路歡好笑。

「離人的合約，離人?!」藺如眞驚叫。

「妳也知道離人？」男人望著蘭如眞的眼神很耐人尋味。

「當然知道，我是他的校對。」終於有一題蘭如眞會的了，她點頭如搗蒜。

「原來是我的校對，如眞，平時有勞了。」男人朝她笑得颯爽晴朗，一雙茶色眼眸盈滿著耀眼光輝。

「既然都是自己人，那麼一起進來吧，我今天買了好吃的泡芙，一起吃。」男人揚了揚手中提袋，喀一聲打開907號房門，率先入屋。

「快進去啊，發什麼愣！」路歡一掌把傻傻站在原地的蘭如眞拍向前。

蘭如眞覺得她來到了異世界。

李陽是離人？還住在她對門？

怎麼可能?!

✲

黑、白，灰色相間的復古工業風格。

鐵灰色的磚牆、裸露的管線、金屬製家具……鐵製的桌椅以原木做爲桌面和椅面，角落則是磨舊感的經典皮革沙發。

工作桌前是金屬骨架的雙關節桌燈，天花板是一群編織電線懸吊而下的鎢絲燈泡，牆上掛的是錯覺藝術的艾雪及超現實的達利。

907號房的工業風裝潢非常離人，唯一不協調的就是坐在她面前神清氣爽的李陽，但這種乖違的不協調感又有種毫不違和的詭譎。

眞詭異……

「請坐，別客氣，請慢用。」李陽招呼路歡與蘭如眞落座，在她們面前擺上餐盤與刀叉，分給她們一人一個精緻漂亮的甜點。

「謝謝。」蘭如眞坐姿端正，非常忐忑，已經不知道是因爲和李陽相處所以感到緊張，還是因爲與離人見面感到無所適從。

「這泡芙上面有焦糖，好好吃。」路歡倒是毫無異狀，維持一貫的直爽，大快朵頤。

「這是炙手可熱的排隊甜點，要預訂，我早早便出門取貨了。如眞，妳也吃吃看。」李陽支著肘，見蘭如眞不知在想什麼，視線在屋內四處游移，遲遲沒有動作，出聲提醒。

「啊？噢，好。」蘭如眞回過神來，連忙應聲，拿起餐具，動手切食，叉起一塊入口。

焦糖泡芙搭配酥脆塔皮，那是聖多諾黑泡芙塔。

這道甜點在離人的文章中出現過不止一次，蘭如眞咬下一口，甜點在嘴裡香氣四溢，好吃歸好吃，幸福歸幸福，卻吃得有些毛骨悚然。

離人筆下有個總愛以變態手法虐殺少年的喪心病狂，每虐殺一個少年，便會吃這道甜點慶祝，並形容「少年們的滋味和聖多諾黑同等美味」。

聖多諾黑是眞的很美味，但是，念及離人文字中勾勒出的情境，蘭如眞卻覺得背脊涼涼的……怎麼李陽身爲寫文章的作者，路歡身爲同樣看過文章的主編，他們兩人卻吃得津津有味，一點感覺都沒有呢？

而且，蘭如眞覷瞧眼前李陽，他依舊晴朗愜意，神情輕鬆，眸底嘴角彷彿都噙著笑意，令人如沐春風，看著便舒心。可是，她卻不知怎的，總覺得好像有哪裡不對勁，方才進門前，李陽有個措詞讓她很介意……

是她想太多了嗎？應該是她想太多了吧？抑或是得知離人便是李陽的消息太令她震驚，才會胡思亂想？一定是她太神經質了。

蘭如眞撇去雜亂的心思，大口將聖多諾黑吃完，瓷盤才見底。一旁動作快的路歡早已用完甜點，說完噓寒問暖的客套話，從包包中拿出一疊報表，迅速切入主題。

「李陽，我帶了你這兩年的賣量來，還有未來兩年的行銷規畫，稿酬可以上修，合約內容可以再詳談，至於行銷預算——」路歡早已備好一套說詞，來勢洶洶。

「路主編——」李陽愜意地往椅背一躺，雙手交疊在桌面，顯然也是做好萬全準備。

「慢著、等等！表姊、李陽，你們別把我當隱形人啊！談合約時，有我這個閒雜人等在旁邊太奇怪了啦！這樣吧，我把這些拿去廚房，順便洗一洗。」藺如眞對於這種場面可是一點心理準備也沒有，匆匆打斷路歡與李陽的談話，起身，收拾桌上用過的餐具，識相退離。

無論李陽續約與否，她待在一旁都實在太不恰當了。

「不必，如眞，妳放著就好，別忙。」李陽沒想太多，一把攫住藺如眞手臂。

「不忙的，你們聊。」藺如眞望著李陽拉著她的手，微微紅了顏，搖頭，視線迅速找到廚房，提步走去。

907號房雖然打掉了一些牆面，整體空間看來寬敞許多，但格局仍然與她房間大致相同，要找到廚房實在太容易了。

只是，李陽未免也太親切了吧？

招待沒見過幾次面的鄰居進屋享用排隊美食，毫不避諱談及合約時有第三人在場，就連無意識的肢體碰觸也做得如此自然……這怎麼會是離人呢？

藺如眞一邊胡思亂想，一邊站到流理檯前，把餐盤放進去，都還沒旋開水龍頭，卻意外發現洗碗槽中放著待洗的杯子。她狐疑地將那個杯子拿起來看了看，視線睞向不遠處的李陽，再拉回眼前，打量廚房擺設。

李陽說他爲了拿預定的甜點，早早就出門了，那麼，假若是在已知要出門的狀態下，他爲什麼沒有先把用過的餐具洗好？

離人像是會把杯子放在流理槽裡待洗的人嗎？

他的字裡行間看起來很完美主義，很一絲不苟，很嚴謹，再看看他廚房裡這些分門別類、排列整齊的餐具、餐盤、鍋碗瓢盆與調味料，有些甚至還貼了便利貼做記號，假如不是離開得太匆忙，怎能忍受洗碗槽裡有沒洗的東西？

李陽很帥，很親切，待人又好，他是離人當然很好，可不知道爲什麼，蘭如眞對於李陽就是離人這件事又感到非常奇怪，還有點失望……

假若，必須爲離人搭配上李陽的長相，那麼，也應該是另一種截然不同的氣質——冰冷的、偏執的、彆扭的、完美主義的，或許，還有點自負、言語犀利、目中無……

另一張與李陽相同的臉浮現腦海，一雙黑潭似的雙眼在記憶中緊盯著她，險些嚇出蘭如眞一身冷汗。

怎會無端想起李烽呢？

太可怕了，假如李烽是離人……不，李陽就是離人，路歡與李陽本人不是都這麼說了嗎？不會再有第二種可能了。

蘭如眞打開水龍頭，專心洗碗，不過幾個杯盤刀叉而已，她很快就洗好了。

再回到客廳來時，路歡與李陽還在談合約，神情看來不是很輕鬆，令蘭如眞感到此時入座不是個好主意。

為了不打擾路歡與李陽，又不願對李陽失禮，肆意在他家裡走動，於是蘭如眞只好移動到李陽視線範圍內的書櫃前，隨意盯瞧書架上的書。她並未伸手拿取書冊，僅以視線禮貌瀏覽，心想，在主人的眼皮下活動應該比較好。

成排書櫃依然是鐵製工業風格，打理完善，一塵不染，上頭就連一絲棉絮都找不到，但書籍排列卻非常雜亂。

不是依照出版社排列，不是依照書籍尺寸，也不是書脊顏色，以致高低參差不齊，瞧來十分不舒坦。

但他是離人，在她心目中那個要求完美的離人，必然有個屬於他的準則，怎麼可能隨意亂擺？蘭如眞橫豎閒著沒事，便開始逐一推敲——

依照首字注音符號的順序排列？

不可能，離人就連打字都不是用注音輸入法，她看他的錯別字就知道了。

羅馬拼音？

蘭如眞試拼了幾本書的書名，也不是。

那難道是依照書名字數嗎？又不對……

蘭如眞不自覺伸出手，在書名前比來比去，唇邊喃喃，眉頭越皺越緊，碎念到一半，驀然停下，手舉在半空中，狐疑回首。

視線……？

有股被人盯住的感覺，是她的錯覺嗎？

藺如眞回頭張望，表姊和李陽還在談話，天花板或桌子下也沒有貓或兔子或任何寵物……

眸光再度轉回書櫃前，書櫃後就是牆壁，當然沒有人在看她，而按照她房間的格局，這道牆是實的，牆後應該是903號房……

903號房？

對，距離書櫃幾步遠的牆面確實看起來有些玄機，巨幅的復古畫報後似乎遮掩了什麼？是一道門吧？

907號房難道與隔壁的903號房相通？

藺如眞本能想走過去扯動畫報，座位上的李陽卻驀然輕咳了幾聲，阻斷了她的動作。

藺如眞回首，李陽與她四目相接，那雙向來晴朗的眼底似乎有些風雨。她瞧不清那情緒是什麼，只得訕訕發問：「請問，我可以看書架上的書嗎？」

「當然可以，請。」李陽眉目一斂，轉瞬又恢復成那個隨和開朗的李陽，方才眼底出現的波瀾似乎不曾存在過一樣。

好像……李陽與她之前認識的那個李陽不太一樣？

大概是因爲在談合約，所以顯得比較嚴肅的緣故吧？

而且，嚴格說起來，她確實與李陽不熟，自然不明白他的性情，藺如眞迅速歸納出結論，不作他想，專心挑選起書櫃上的書，揀了一本出來看。

打開書封，便在扉頁看見離人的字跡，清楚註明了購買這本書的年月日及購買地點，再往後翻，甚至還有許多他的手寫註記，令藺如眞的眼神燦亮無比，興奮開心地不像話。

這是她第一次看見離人的字——親手寫的字！

他的字好好看，蒼勁有力，挺拔飛揚，充滿粗獷原始的生命力，卻又有股說不出的風姿俊秀，眞是好看極了！

藺如眞以手指撫過字跡，一筆一畫，沿著筆順，想像他寫著這些字時的神態與模樣，情不自禁微笑了起來，心跳怦然，臉龐發燙，就連耳殼都漸漸染成紅色，像小女生終於見到心儀偶像般的快樂。

這一刻，藺如眞覺得，路歡調侃她的那些都是對的。

她確實是離人的粉絲，已經和他的文字戀愛了許久；離人本人就活生生地坐在那裡，可是她更關心他的裝潢擺設、字跡和書籍。

他活躍於紙上，才華洋溢，一直以來，都是她心目中無可取代的No. 1。

所以，她校對他的文章格外認眞，目不轉睛，因爲，她特別希望能爲他把事情做好，希望他呈現在讀者面前的是最好的一面。

她喜歡他的故事，喜歡他的文字，或許，她還會喜歡他的人？

不，她不喜歡他的人，藺如眞想了想，搖頭。

她喜歡的是她想像中的離人，就像金庸《倚天屠龍記》裡的殷離，只喜歡小時候的張無忌一樣。

否則，她爲何沒有因爲離人是她在現實生活中頗具好感的李陽感到歡欣，反而還會因爲李陽不符合她腦海中對於離人的想像感到失望？

假如可以把這本書帶回家就好了……

藺如眞猶在胡思亂想，書櫃後的牆面竟然隱約傳來細微的碰撞聲……是903號房的鄰居碰倒了東西？抑或是她聽錯了？

才想附耳傾聽，不知何時已與李陽結束談話的路歡走到她身旁來，急急忙忙拍她肩膀。

「如眞，我先走了，老闆打電話來，說是印刷廠那邊出了點問題，我得趕過去一趟。李陽，別忘了你答應我的，重新考慮一下，我等你。」逕自交代過後，路歡便跑了。

「慢著，表姊——」才沒說幾個字，路歡人早就不見了，只留下一臉驚慌的藺如眞。

這……這是什麼情況？別留她單獨和李陽在一起，她會很緊張啊！

藺如眞太驚嚇，以至於手裡拿著的書本鬆脫掉落，慌忙彎身欲撿，沒想到李陽早她一步，已經將書拾起。

「沒關係，我來就好。」李陽撿起書本，視線搜尋到書櫃上的空位，便要將書放回去。

「等等！」望著李陽的動作，念及她自進屋來感受到的種種不尋常，藺如眞心念一動，伸手比向另一個位置。「李陽，這本書是放在那裡的。」

「好……如眞？」李陽正要將書放回，藺如眞卻突然從李陽手中搶過那本書，緊緊拽在懷裡，像抱著稀世珍寶，小心翼翼地往後退了兩步，不讓李陽靠近。

「怎麼了？」李陽疑惑地看向她。

「這本書不是你的，對不對？」藺如眞滿眼懷疑，幾乎百分之百證實她的推想。

「妳在說什麼？」李陽瞇了瞇茶色的眼眸。

「這本書不是你的，我要你放到上層，你不只沒有發現，就連眉頭也沒皺一下。你根本不知道這本書原來放在哪裡，對吧？」藺如眞合理地推測。

「如眞，這裡是我家，不管我記不記得這本書原來放在哪裡，那都還是我的書。」李陽笑了，看著她的眸光像她是個無理取鬧的孩子。「來，把書還我。」

「不要！」藺如眞非但沒有還他，反而還向後退得更遠。

那是離人的書，她才不要給別人，連珠炮似地開口：「這裡不是你家，這書不是你的，甜點更不是你要吃的，洗碗槽裡的杯子也不是你用的。」

「如眞，妳怎麼越說越離譜了？」李陽嘴角揚起的弧度越來越大。

可是藺如眞一點也不想笑。「進門的時候，你說你買了好吃的泡芙。」

「泡芙有什麼問題？」這倒是有點意思，李陽睞向藺如眞的眼底有著興味，縱然他掩飾得很好。

「當然有問題！那是聖多諾黑泡芙塔，嚴格來說，並不是泡芙。就像蘋果塔用了蘋果當素材，但它是蘋果塔，沒有人會稱它是蘋果，更何況是寫了它不只一次的你。」

「嗯哼？還有呢？」李陽環臂抱胸，好整以暇，唇邊的笑意不曾離去。

「還有，洗碗槽裡有用過的杯子，假如像你說的，你早早就出門準備買泡芙塔，怎會沒有事先將杯子洗好？」

「噢？所以？」李陽看來似乎有些期待。

「所以，這不是你的屋子，那不是你的書，聖多諾黑也不是你要的，而這間屋子在我們進來前有別人——來不及洗流理檯那個杯子的人。」

「如眞，妳的想像力太豐富了。」李陽整個笑開了，神情看來似乎眞的很愉快。

「才不是我想像力豐富，你根本不是離人，對不對？」

喀——不遠處突地傳出聲響，藺如眞方才懷疑是一道暗門的畫報掀動，另一張與李陽一模一樣的臉龐自門後出現。

「李烽？」藺如眞不可置信地望著眼前人，黑框眼鏡後的涼薄眼神冷冷與她相凝。

李烽面無表情地瞪著她，而一旁的李陽在笑。

兄弟兩人一冷一熱，一靜一動地站在她面前，驀然有股直覺直衝心頭，令蘭如眞抱緊懷中書冊，將種種一切兜連成一個非常可疑的問句——

「你們兩個……究竟誰才是離人？」

3

一個小時前，907號房。

他們說她不能上學，沒有一個老師願意教她，她也聽不懂老師講的話。

自從那些道士們趕不走她身上的髒東西之後，一下子，她好像就成爲全村的笑柄，就連隔壁村子的人也偷偷跑來看她。

「看！她就是唐家那個最小的女兒。」

「就是她？那個白癡？眞可惜，長得還挺漂亮的。」

「唐家那麼有錢，我媽說他們一定是賺太多，才會遭報應。」

「哈哈哈！哪有這種事啊？我看你媽是忌妒唐家有錢吧？」

「誰要忌妒他們啊？我才不想當白癡咧。」

「你現在就很白癡了啊！哈哈哈！」

幾個孩子從院子前嘻嘻哈哈地經過，她手裡拿著一些花草，一臉嚮往地望著他們。她不知道白癡和報應是什麼，但她知道她是唐家的小女兒，今年已經十三歲，和外頭經過的那些小孩差不多高。

她好羨慕他們能夠去學校，假如可以去學校，他們會陪她玩嗎？

她孤零零地坐在院子裡，臉上及衣服都有塵土，早就已經玩膩院子裡的任何東西。可是，爸爸不准她到外面去，就算到外面去，也沒人陪她玩……

「鈴鈴，進來吃飯了。」媽媽走到院子裡來叫她。

她把手上的花草送給媽媽，媽媽本來還看著她笑，笑著笑著，又哭了。她心一慌，連忙用玩得髒兮兮的手幫媽媽擦眼淚，越擦，卻把媽媽的臉抹得越髒，急得她也哭了起來。

爸爸進門，看了他們母女一眼，嘖一聲，滿臉嫌惡地踩碎了她送給媽媽的花。

這樣寫好嗎？電腦螢幕上閃爍的滑鼠游標停住不動，略微遲疑地往後移，刪除了剛出現的一行字，又緩緩移到左上角，更遲疑地按下還原箭頭。

還是這樣呢？滑鼠游標飛快向前推進，迅速出現另一行新的文字，往返不定。

叮咚！門鈴聲響起，正與稿子奮戰的李烽視線並未從電腦螢幕上離開，僅是推了推鼻梁上的黑框眼鏡，完全沒有打算起身去開門。

叮咚！叮咚！門鈴繼續索命狂響，煩躁到令人無法充耳不聞。

李烽深嘆了一口長氣，不情不願地滑開椅子，無奈起身，打開影像對講機的畫面探看。墨深的黑眸在鏡片後危險地瞇了起來，漂亮的薄唇緊抿成一條線。

路歡？還有……鹹酥雞小姐？

她們來做什麼？不必開門，她們兩人交談的聲音便從薄薄的門板後頭飄進來——

「他好像不在？表姊，妳要不要先去我家等？」

「別鬧了！我就要一直站在外面，表現出我已經等得天荒地老的樣子，這樣才能顯示出我很有誠意。」

「誠妳個頭啦！」

神經病！講話這麼大聲，有沒有公德心啊？

李烽回到筆電前，戴上耳機，打開音樂，鐵了心不應門。

蕭邦〈圓舞曲〉的旋律從耳機中緩緩流瀉，稍稍令他心情平靜了些。

雖然，他在視覺上百分之百喜歡工業風的粗獷，但在聽覺上則完全傾向浪漫主義的優雅。

李烽修長的手指在桌面敲打著旋律，緊擰的眉心悄悄舒開，鏡片後深邃的黑眸才稍微柔和了些——

咿——這下換手機震動了。

現在是全世界的人都知道他卡稿，要來添亂嗎？

李烽扯掉耳機，看了看來電顯示，煩躁地按下通話鍵。

「喂，李烽，我有買到泡芙，人快到了，你別上門閂。」話筒那端清晰傳來李陽乾淨好聽的男中音。

是泡芙塔不是泡芙！算了，現在可不是教育弟弟的時候！

李烽將原本啣在嘴邊的叨念嚥回去，改口：「路主編來了。」

「路歡？」李陽話音一頓。「她來做什麼？你上次不是已經拒絕和她續約了？」

「還有鹹酥雞。」李烽淡淡接話。

「什麼鹹酥雞？」

「喜歡你的鹹酥雞。」

「什麼跟什麼？」李陽聽得一頭霧水。

「你搞定她們。」

「什……喂？李烽？喂！」李陽正待再問，啪！李烽這頭已經將電話掛上。

到底搞定什麼東西啦？李陽哭笑不得瞪著電話，再看看手上提著的，稍早時被李烽遙控出門拿的甜點，眞不知道他究竟是招誰惹誰？

弟弟搞得跟老媽子一樣是什麼道理？他不過晚李烽幾秒鐘出生而已！

既然李陽都快到了，那就沒什麼好擔心的了！

李烽逕自收線，將工作桌上的水杯拿到流理槽擺放，旋開水龍頭，本想清洗，轉念想想，又將水龍頭關上，決定做更重要的事。

他回到工作桌前，仔細將稿件存檔，筆電關機，耳機線也利用整線器收整好，再將桌面收拾妥善，抱著筆電和其他不想被外人觸碰到的隨身物品，掀動牆上畫報，穿過書櫃旁的暗門，走向另一個房間。

903號房，和被他用來做爲工作室的907截然不同，雖然一樣是以黑、白、灰爲基色調，但走的是簡約路線，完全提供放鬆休憩之用。他的起居室、視聽設備、臥房及寬敞豪華得不可思議的浴室都在這裡。

李烽好整以暇地找了個舒服的位置坐下，打開房內的監視器螢幕。

是的，907號房裡架設了隱藏式攝影機與麥克風，而監視畫面就在他的903號房裡。

除了爲著某些不是令他很愉快的理由必須架設監看設備之外，也爲了嚴格監控他自己的工作進度。

稿子進度不佳、品質不好時，他時常調閱當日的影片出來看，檢討時間究竟花在哪，是否有太多令他分心的外力。

說他偏執也好，完美主義也罷，他我行我素、始終如一，自律甚嚴。

「路主編、如眞，裡面請。」不多時，李陽便帶著路歡與藺如眞走進液晶螢幕裡，一舉一動皆在他眼底。

他靜悄悄地注視著907號房裡的動靜，越看，眉心不自覺越擰越深。

笨蛋李陽！不知告訴過他多少次，裝甜點的盤子不是那種，他老是記不住……

慢著！爲什麼要把他的聖多諾黑全分給那兩個女人？那是他的聖多諾黑！

李烽瞇眸，一臉陰鬱，鏡片後的眼神非常危險，面色不善地看著隔壁房那三個討人厭的傢伙將他的聖多諾黑吃掉，默默在心中盤算了一百種整李陽的方法。

「李陽，我帶了你這兩年的賣量來，還有未來兩年的行銷規畫，稿酬可以上修，合約內容可以再詳談，至於行銷預算——」

幸好，路歡很快就解決甜點，進入正題，這樣很好，心痛的歷程才不會那麼長。

李烽恨恨地將眼神從桌面上的空盤移開，百無聊賴地聽著路歡與李陽的談話內容，確認這份合約裡已經沒有任何令他感興趣的部分，目光不自覺飄到廚房裡的藺如眞身上。

離開我的廚房！不准動我的東西！李烽幾乎想閉上眼，不敢看藺如眞即將在他廚房製造出的災難。

按捺滿腔怒火，折磨至極地觀察了幾秒，卻意外發現鹹酥雞小姐比他想像中的細膩許多。

她不只仔細拭淨了餐具上的水漬，更仔細地找到了應該擺放的位置，一格不差，放置穩妥，就連流理槽外濺起的水珠都擦乾了。

原來會在電梯裡吃鹹酥雞的無腦笨蛋也是有優點的。這世界眞是無奇不有。

由於太過驚嘆，而李陽與路歡那頭的對談又太過無趣，李烽目光一路隨著蘭如眞挪動，看見她走到他的書櫃前，皺起眉頭的神情看來非常煩惱，伸指在他的書本前比來比去，嘴裡喃喃有詞。

她在念什麼？音量太小，李烽不禁讀起她的唇形。

書名？注音符號？爲什麼？又換成羅馬拼音了？

觀察了一陣，終於意識到蘭如眞有可能是在猜測他的書本排列方式時，李烽挑高一道眉，唇邊揚起勝利笑弧，內心充滿一股難以言喻的愉悅感。

看來笨蛋還是笨蛋，要來到人間有點難度。

李烽唇角淡淡啣笑，直至蘭如眞從書櫃上挑了一本書下來，書本被外人觸碰的不悅感又令他再度斂起笑意。

定睛一看，她手裡拿著的是太宰治的《離人》。

眞驚奇，她居然會看太宰治，更驚奇的是，她在離人的工作室裡看《離人》，而離人正監看著她……

如此聯想令李烽感到耐人尋味，有趣地打量著她的一舉一動，於是，他便看見她打開他的書本，像發現什麼寶貝似的，眸光燦爛，戀戀不捨地伸手撫觸他每一道筆畫。

那撫觸字跡的動作太溫柔，眸光太熱烈，神情太柔軟，像與人談戀愛似的，眉目多情，唇邊蕩漾幸福笑意，一時之間竟令他臉龐熱辣，沒來由感到心慌，碰倒了一旁矮櫃上的物品。

爲什麼她會對著他的手寫字露出這種表情與眼神？

匡噹——咚——砰——

他忙著收拾地面掉落的東西，眼角餘光瞥見螢幕裡的藺如眞似乎聽見聲響，一副要將耳朵貼在牆壁上的舉止，霎時屏氣凝神。明明知道對方絕對看不見，卻莫名緊張起來，只得更心無旁騖地收拾。

回神時，已經看見監視畫面裡的藺如眞死命抱著他那本《離人》，急呼呼地朝李陽大喊：

「所以，這不是你的屋子，那不是你的書，聖多諾黑也不是你要的，而這間屋子在我們進來前有別人，來不及洗流理檯那個杯子的人……你根本不是離人，對不對？」

爲什麼她會發現？憑什麼？就憑她知道聖多諾黑是聖多諾黑？就憑她對離人那連字跡都要撫觸的熱愛？

熱愛？簡直有病……

李烽心口一緊，耳朵嗡嗡嗡的，胸腔震蕩不已，可卻不明白他究竟在躁動什麼。

他絕對相信身爲離人多年來的對外窗口與替身的李陽有能力處理好眼前這一切，但他竟推開了那道暗門，魯莽地站到她眼前，迎上她迫切的問句——

「你們兩個……究竟誰才是離人？」

他不發一語地盯著她，彷彿直到此刻才真正將她的模樣看進眼底，迎上她澄澈得像個孩子的目光。

那裡面裝著的，是他意想不到的聰明，和無所遁藏的離人、赤裸裸的他。

✵

「妳瘋夠了沒？瘋夠了就出去。」李烽瞪著藺如眞，冷冷開口。

「你才瘋咧！除非你們告訴我究竟誰才是離人，不然我不出去。」藺如眞依舊抱著懷中那本《離人》，說什麼也不肯放。倘若今天沒弄清楚眞相，她才不要走。

「不出去？很好，我叫警察來。」李烽才不怕她，這裡可是他的屋子、他的工作室。

「好啊，你叫啊！你打電話叫警察，我打電話叫路歡。」瞧他那什麼不可一世的態度？藺如眞和李烽卯上了，反應非常快。

「叫路主編做什麼？」李烽眉心兜攏，懶懶挑眉。

「當然是跟她說李陽不是離人，她既然是喊李陽的名字，那就代表簽約的是李陽吧？雖然我不知道找人代筆會怎樣，但絕對違反合約了吧？假若她知道這件事，你們就要倒楣了。」

「妳說了她就會信？」李烽雙手盤胸，黑框眼鏡後的眼神陰涼銳利，口吻輕蔑。

「當然不是我說了她就會信，所以，她很有可能會找你們兩個一起去對照筆跡，或是討論某些作品之類，也或許當場把現有的故事接下去？我相信表姊會找到一些能夠證明誰才是離人的方法，到時煩都煩死你們。」自家表姊什麼個性，她難道還不清楚嗎？路歡一定澈澈底底，非得查個水落石出，那就不是雞犬不寧可以形容的了。

「再說，就算不和表姊簽約，這件事若傳出去，未來在別的出版社發展也不好。」

「妳以爲離人都不打算繼續寫稿了，還會在乎這個嗎？」李烽仿若事不關己。

「不寫稿了？怎麼可以?!」藺如眞緊抱著《離人》驚叫。

「爲什麼不可以？」李烽一臉莫名其妙，看她緊緊拽著懷中書本，再想起她方才撫觸離人字跡的柔軟神情，胸口驀然一跳，神色一斂，旋即恢復鎭定。

「就是不可以。」

「關妳什麼事？」

「當然關我的事，因爲我是……我是……」無論如何，要對著如此討人厭的李烽說出自己是離人的粉絲這件事是決計辦不到的。

「因爲我是離人的校對！」藺如眞找了一個貌似很相關的不相關。

「校對？哈！哈！哈！」這樣也行？李烽的表情像聽見多大的笑話，顯然將皮笑肉不笑的境界發揮得很澈底。

可惡！從他臉上貓下去一定很暢快！藺如眞第一次知道原來這世界上有人可以笑得讓她這麼想出拳。

「總之，離人一定要繼續寫稿才行。」要不就太可惜了，他非常有才華啊。

「很抱歉，離人從來沒有『一定』得做什麼。」李烽口吻依舊涼淡，面若冰霜。

不不不！不行，快想辦法阻止這件事，離人一定得繼續筆耕才行！

「這樣吧，我不張揚這件事，離人就繼續寫稿，假如離人不繼續創作，我就立刻去向表姊和各家出版社敲鑼打鼓，說離人找人代筆。」

「妳在威脅我？」李烽陰寒地瞪著她。

「不是哦，我威脅的是離人。」藺如眞笑容燦燦。

簡直無賴！李烽瞪大雙眸，難以想像居然有人能令人髮指到如此程度。

「你也說點什麼。」李烽驀然轉向始終維持靜默的李陽，對他的置身事外非常不滿。鹹酥雞是他惹上的，憑什麼要自己出來收拾殘局？

「我什麼都不知道，不關我的事。」李陽回望李烽，嘴角啣笑，雙手做出投降狀，擺明不想蹚渾水，很有任其發展的意味。

坦白說，他並不支持李烽不續約的決定，無奈勸說未果，最後只得由著李烽。

如今，藺如眞莫名其妙捲進這件事裡來，事情有了出乎意料的發展，似乎導向於一個他樂見的結果，令他的心情非常好，他怎可能插手？

李陽的心思太明顯，李烽氣極，決心不再與眼前兩人夾纏。

「書還來，順便把桌上那些廉價咖啡和沒營養的蛋捲帶走。」李烽將藺如眞死命抱住不放的《離人》抽回來，再將路歡帶來的那些礙眼的東西一股腦塞到她手裡，開口趕人。

「蛋捲沒營養，聖多諾黑就很有營養了？你有沒有禮貌啊你？」嗚嗚嗚，快把離人眞跡還給她，她心痛。

「沒有。」斬釘截鐵。

「你——」她如果有一天暴斃身亡了，絕對是被李烽氣死的。

「滾。」

「不要。」藺如眞忿忿與他對峙。

很好，她不走，他走！李烽穿過暗門，砰！重重地消失在藺如眞眼前。

「這你哥？你確定你們是同個家庭長大的嗎？」好想撕爛他啊！藺如眞氣憤地問李陽，吹鬍子瞪眼的模樣惹出李陽一串笑聲。

「給他點時間，今天就到這裡爲止吧。如眞，我送妳回去。」再繼續吵嚷下去，李烽恐怕要到臨界點了，見好就收才正確。

深諳李烽習性的李陽決定和藺如眞一道離開，還給李烽清靜空間。

「不必送我，我就住在對門而已，905，根本不用幾步路就到了。」看！人家李陽多貼心，弟弟這麼暖，哥哥那麼妖！

「還是一起走吧，我也要回去。」李陽拿起掛在椅背上的外套，旋足欲走。

「回去?你不住在這裡?」藺如眞納悶。

「當然不住在這裡，這裡是離人的工作室。」李陽笑著搖頭。

「我不是這個意思啦，我知道工作室不能住人，我是指，你不住在隔壁?903?」藺如眞指著書櫃旁那道暗門。

「當然不，那是離人的家，我也不住在那裡。」李陽笑得意味深長。

離人的家?唔，對，當然是離人的……

「所以，李烽眞的是離人?」

「妳不是比誰都清楚嗎?」

「我理智上清楚，情感上不清楚。」藺如眞咕噥。

「什麼?」她的音量太小，李陽一時沒聽清。

「可惡可惡可惡!好可惡哦!」越想越不甘心，藺如眞抓亂了頭髮，連連跺腳，滿肚子氣，可都不知道在氣什麼。

「可惡什麼？」李陽越聽越迷糊了。

「我幻滅了啦！」蘭如眞炸開。

「幻滅？爲什麼？」

「哎喲！你不懂少女心啦！」坦白說，她自己都不懂。

她理智上認爲李烽是離人非常協調，可又非常不甘心。

討厭到極點的李烽，和喜歡到極點的離人居然是同一人……可惡！

「妳說的少女心是什麼我不懂，不過我知道，妳現在看見我已經不會臉紅和結巴了。」李陽看著她暴躁舉止，不笑出聲實在太難了。她眞的是個很有意思的女生。

對，她現在看見李陽已經不會臉紅和結巴了……臉紅和結巴？

「嚇！」蘭如眞霎時後退了兩步，忿忿指著李陽像看見什麼妖魔鬼怪。

所以，李陽根本就知道，她每次看見他都超緊張的，他居然拿這件事和少女心相提並論？他絕對是在調侃她吧？

他好故意，根本就壞透了！她又開始臉紅了。

「莫非你的設定原來不是暖男，而是花花公子嗎？」兄弟倆都好惱人啊！蘭如眞又羞又窘，深感被騙。

「妳到底在說什麼？」李陽笑得十分開懷。

「我要回去了啦！」天崩地裂不過爾爾，藺如眞想撞牆也想哭。

「我送妳，來。」李陽大笑著陪藺如眞走回她住的905號房。

甫進門前，藺如眞忖了忖，手搭在門把上，忽爾問：「李陽，你說李烽他……他眞的會繼續簽約嗎？」

「會的。」她一陣懊惱之後，若有所思，悶悶不樂，原來是在糾結這件事啊。

看來，藺如眞似乎與他同個陣線？李陽笑了笑，非常肯定地點頭，望著她的眸光很柔軟。

「你怎麼知道？」藺如眞疑惑發問。

「妳不是揚言要去敲鑼打鼓嗎？爲了不造成我的麻煩，他會簽的。」

「這樣啊？」藺如眞想了想。「你們兄弟倆感情眞好。」

「不，就是感情不好才會這樣。」

「什麼？」藺如眞一愣。

「沒什麼。」李陽突然伸手撥亂她的劉海，扯唇微笑。「總之，眞有妳的，今天辛苦妳了，謝謝。」

「啊？謝什麼？不……不客氣。」藺如眞怔怔摸著被他弄亂的頭髮，一時間被他的燦爛笑容閃得目眩神迷。

爲什麼，被他觸碰的前額暖暖的，他臉上的笑容也暖暖的，可是，她卻覺得他聽起來有些哀傷呢？

✴

果不其然，事情的發展就如同李陽預測的一樣。

「藺如眞——我跟妳說我跟妳說，離人答應簽約了！終於！雖然只願意再簽一本，但總算是願意簽了！而且，他說今天下午就會親自進出版社簽約，很棒吧！」過了幾個上班日，路歡興高采烈地跑到藺如眞座位旁嚷嚷。

到底是爲什麼，音量總可以這麼大啊？

藺如眞扯著微微發疼的耳朵，感覺被路歡嚷得頭都痛了。

「願意簽約那很好呀……慢著！離人？他願意續約了？」雷龍的反應永遠慢半拍。

「是，就是離人。妳看，送送伴手禮還是有用的。」路歡沾沾自喜。

「伴手禮？啊哈哈……是啊。」藺如眞乾笑。

還眞有用，路歡要是知道那些咖啡和蛋捲最後通通都進她肚子裡了，不知會怎麼想。

「對了，都忘了問妳，怎樣？看到心儀偶像的感想如何？」路歡的八卦意圖非常明顯。

「……很好啊。」好到都山無稜天地合了……藺如眞答得很沒好氣。

「妳啊，千萬不要對離人有什麼妄想知道嗎？」路歡突然伸指戳了戳藺如眞額頭，被藺如眞一把拍掉。

「幹嘛啦？我才沒有對他有什麼妄想。」妄想殺了他算不算？

「我跟妳說，雖然離人長得很好，但妳可別被他那副皮相騙了！他的性情非常古怪，有時候呢，心情很好，隨和好相處，人見人愛、花見花開的；有時候呢，又一副全世界都欠他的樣子，無論我說什麼，他都面無表情，根本搭不上話。尤其是上上次，就是我跟妳說，和他約在外頭吃飯，他表明不再簽約那次，他戴了黑色毛線帽，又戴了黑眼鏡，穿了整身黑，臉臭得跟什麼似的，想從他嘴裡多撬出兩個字都是難上加難，有夠折磨人的。」

上上次約在外頭吃飯？黑毛線帽和黑眼鏡？那應該就是她提著鹹酥雞，在電梯裡遇到李烽那次吧？藺如眞偏頭回想。

照這描述聽來，整身黑又拒絕簽約的應該是李烽，所以路歡應該是兄弟兩人都碰上了，才會做出如此評價。

傻瓜表姊，什麼性格古怪？那根本就是兩個人啊！

不過，也不能怪路歡啦，畢竟她當初也以爲李烽、李陽兩人是同一人，雙胞胎眞是太惱人了。玩什麼兩人分飾一角的遊戲啊！

「雖說我們人啊，難免都有心情好壞的差別，但離人他哦，眞的落差太大，簡直是人格分裂。和他深交的話，說不定他哪天一個不舒暢，就把妳殺了，棄屍荒野，所以，妳還是不要妄想跟他談戀愛比較好。」

「我並沒有妄想跟他談戀愛。」藺如眞再度重申。

而且，李烽現在可能就已經很想把她殺了，棄屍荒野，藺如眞突然感到一陣惡寒。

「總之，我一定要好好把握再簽這一本的時間，有一就有二，有二就有三，一定得把他留下來好好搖錢才行。」路歡越想越暢快，神清氣爽地踩著高跟鞋回辦公室。

「……」好好搖錢？藺如眞望著路歡的背影，突然覺得她要離人繼續寫稿這件事眞是造孽，阿彌陀佛。

不過，說起造孽……李烽居然眞的在她的脅迫之下就範了？眞是不可思議。

動機是什麼呢？

難道眞如李陽所言，是爲了不增加李陽的困擾嗎？

假如是這樣，那麼，李烽原本不想再繼續寫稿的理由又是爲了什麼？他已經不再熱愛寫作這件事了嗎？

假如是已經不再繼續熱愛寫作，卻被人逼著得寫，那李烽一定恨死她了……呃？

藺如眞陡然想起一件非常嚴重的事，路歡剛剛說離人今天要親自進出版社來簽約對吧？也就是說，李烽很有可能親自來殺她……

「少年們的滋味和聖多諾黑同等美味。」

蘭如眞越想越恐怖，情不自禁打了個哆嗦。

由於歷經與路歡的一番對談，她已經有了戴黑色毛線帽與黑眼鏡的人是李烽的主觀印象，以至於當她下班後，被那個一身黑衣、黑褲、黑帽、黑眼鏡的高大男人攫住手臂時，馬上以爲是李烽，開口驚叫——

「我知道錯了拜託不要把我殺了棄屍荒野其實就算你不續約我也不會說的我那天只是一時情急我保證！」蘭如眞沒頭沒腦地嚷完，全無換氣，大難臨頭地閉上雙眼。

來人聞言立刻大笑。

「才不會殺妳，妳腦袋裡到底在演什麼小劇場啊？」她眞的非常非常有意思。

「……李陽？」蘭如眞眨了眨圓圓的眼睛，定定看著眼前人好幾秒，快要麻痺的心臟總算緩緩恢復正常。

「是，是我。」李陽笑開，鏡片後的茶色眼瞳依舊閃耀光輝，晶瑩燦亮。

「你幹麼穿得烏漆抹黑還戴眼鏡啊？害我以爲是李烽！」蘭如眞仔仔細細將他從頭到腳澈底打量過，從頭上的毛線帽瞪到腳底的黑鞋，發出不平吶喊。

「我想看妳認不認得出來，因爲，那天離人的身分被識破了，所以今天很想再試試看。」李陽對她笑得很燦爛，動機卻很惡劣。

小孬孬藺如眞簡直都快被嚇到魂飛魄散了，抗議似地瞪了他好幾眼。

「好過分，我眞的快嚇死了！」做壞事就是這樣，誰叫她要威脅李烽？藺如眞遲來的良心悄悄冒出頭來。

「怎麼這麼肯定是我？」李陽驀然湊近她，俯低身體，很有興致地探究她面上表情。「說不定我等等就殺妳滅口了？」還故意說話嚇她。

由於他實在靠得太近，近在咫尺的俊顏英氣逼人，藺如眞呼息一窒，伸指比向他眼角。

「眼睛，你們眼睛的顏色不太一樣，仔細看的話就會發現了。」果然不是暖男，是花花公子，不經意之間都能勾魂攝魄，眞是太可怕了！她修正上回的評價，兄弟兩人都是妖孽。藺如眞努力深呼吸了幾口，緩和心神。

「眼睛？很久沒聽到了，從前也有人這麼說過。」李陽話音頓了一頓，刻意持穩的語調聽不出波瀾起伏，像在隱藏某些往事，旋又笑開，說得雲淡風輕。

「一定是因爲如眞妳是個很眞誠的人，總是直視著人的眼睛，所以才會發現。」李陽做出如此結論。

「難道很少人發現嗎？」藺如眞十分驚訝。

但是，仔細想想，路歡似乎也提醒過她，要她和別人說話時，不要直勾勾地盯著對方看，一瞬也不瞬，這樣會讓對方壓力很大，要適時地將眼神移往別處。

原本，她還覺得是路歡在商場上打滾久了，想太多。現在聽李陽這麼一說，難道眞的是她太奇怪嗎？

「很遺憾，確實不多。」李陽聳了聳肩。

藺如眞顰眉打量他，總覺得他雖然神態輕鬆，但口吻中卻難掩落寞無奈，偏又擔心勾起他的不快回憶，不好深究細問，只得找別的問題轉移。

「你今天是來出版社簽約嗎？怎麼是你來？李烽呢？」藺如眞前後左右張望，說不定李烽躲在哪裡，只是沒出聲而已？

「別找了，只有我來而已，簽約一定得我來才行。」李陽瞧她左顧右盼的模樣，唇角不自覺再度勾起，她眞的很可愛。

「爲什麼？」藺如眞不解地望著他。

「因爲當初是我擅自拿李烽的稿件來投稿的，爲了怕他接到出版社電話時一頭霧水，或是果斷拒絕，所以是留我的資料，由我出面和出版社洽談。」李陽沒有隱瞞她的打算。

一來，是因爲他認爲藺如眞是個可靠的人，絕對會信守親口說的「離人簽約，便不將事情說出去」的諾言。

二來，則是因爲他認爲她心思單純，即便想動什麼壞念頭，也會清晰寫在臉上，根本不需要提防。

「所以，李烽當時不知道你拿他的文章投稿？」這眞是太驚人了！藺如眞不可思議地問。

「是。」李陽點頭。

「爲什麼你要這樣？」想了一想，藺如眞又問。

「不覺得他非常有才華嗎？他不該被埋沒的。」李陽說得順理成章。

是這樣說沒錯啦，但是……

「那筆名呢？假若他不知情，你怎麼知道他想用什麼筆名？稿件上有寫？如果一開始就沒打算投稿，應該沒寫筆名吧？」

「如眞果然很聰明，確實沒有。」李陽笑了笑。「筆名是我看他那陣子時常捧著《離人》細讀，筆記本上也反覆寫過離人這兩個字，擅自取的。」

「這實在是……」藺如眞尷尬地笑了笑，不敢相信李陽竟然亂來到這種程度。

「覺得我很胡來？」她的心思透明，想什麼全清楚寫在臉上，看起來好像傻傻的，有些大神經，但其實並不笨，有著意料之外的細膩，李陽覺得和她相處很令人安心。

「……有點啦。」何止一點？李烽沒殺李陽眞是大發慈悲。

好吧，李烽，假如你想殺我的話，就連李陽也一道吧。黃泉路上有帥哥相伴不寂寞，藺如眞又自顧自地演起腦內小劇場了。

「但是，假如從頭到尾都是由你出面在聯繫的話，李烽怎麼知道路歡是主編？」藺如眞想到另一個疑點。

「過稿簽完約後，之後的信件都是由他和路歡親自往返的，所以他和路歡也算熟。」

「這樣啊……」也是啦，作者和出版社平時都只有信件往來而已，不太需要碰面。所以，該怎麼說呢？他們兄弟兩人搭配得眞好？就這麼瞞天過海了好幾年，天衣無縫。

「抱歉，那天騙了妳。」李陽盯著她若有所思的眉眼，開口道歉。

事實上，這也是他與路歡簽訂合約之後，待在出版社樓下等藺如眞下班的原因之一，除了想看看藺如眞能不能再度分辨出他與李烽之外，也想親自和她道歉。

「不用抱歉啦，我本來就是外人，你是應該瞞我的。」藺如眞意會過來李陽在說什麼之後，擺了擺手，完全不介意。

「喏，給妳。」李陽突然將鼻梁上的黑框眼鏡拿下來，戴在藺如眞臉上。

「咦？為什麼要給我？」鼻骨上溫溫的，藺如眞嚇了一跳，眨了眨眼，視力好像沒有因此變得模糊……這副眼鏡沒有度數？

「做為那天騙妳的補償，少女心破碎的補償。和離人同款式的黑框眼鏡，沒有度數，想戴、想摸、想收藏都可以。」李陽似笑非笑的口吻讓人聽不出是認眞的，還是在開玩笑。

「真的可以收下嗎？」這根本是變態粉絲才會有的瘋狂行為嘛！難道這也是李陽的惡趣味嗎？但是，藺如真喜出望外，居然真的因此感到好高興哦！

難道她真是離人無腦粉嗎？她對自己無能為力，突然覺得好害怕。

「可以。」她的歡欣藏也藏不住，清清楚楚寫在臉上，令李陽愉快地笑了出來，對她的好感倍增，覺得有把眼鏡給她真是太好了。

「啊？我是不是耽誤到你的時間了？」驚覺她已經與李陽站在路邊聊了太久的天，藺如真匆忙地問。「你要回家了嗎？我們一起走？」

「不，我得去上課了。如真，我們下回再聊。」李陽搖首，說得有些抱歉。

「上課？」藺如真圓圓的眼裡盈滿困惑。

「是啊，上課。我沒說過嗎？我在幾個運動中心和冰場當教練。」李陽挑眉，他以為他曾和她提過。

或許，是因為她總給他一股似曾相識的熟悉感，所以他才會有這種錯覺？

她和他記憶中的一個女孩很像……或許，李烽也發現了？

「教練？」藺如真越聽越迷糊了。

「是，滑冰、冰上曲棍球的教練。別看我這樣子，我從前可是國家代表隊，只不過現在已經退役了。」

「冰球教練？」蘭如眞不可置信，音量不自覺提高。

「需要這麼驚訝嗎？」她誇張的反應明顯逗樂李陽。

「你之前說文字工作和你的工作有些相關？」詐騙集團啊？

「當然相關，我也是離人的一部分。」李陽理直氣壯。

「呃？這麼說也沒錯。」可惡，居然找不到理由反駁詐騙集團！蘭如眞忖了忖，旋即又想起些什麼，驀然晝出另一個重點。

「等等……你身爲運動員卻抽菸？」之前倒垃圾時，明明曾經看過李陽抽菸，雖然不是每次，但運動員不是很注重心肺功能方面的訓練嗎？

「偶一爲之嘍。」李陽伸出食指比在唇前，做出了個「噓」的手勢，俊顏燦亮，性感得要命，蘭如眞覺得此時經過他們身旁的女性同胞或許都會被他電到當場昏倒。

可是，她望著他明亮的笑顏，仔細琢磨他說的這一切，卻突然覺得對李烽感到非常非常抱歉。

假若，李烽從一開始就是在毫不知情的狀態下，被李陽推出去當離人，那麼，也許他努力撐持了這幾年，已經忍無可忍，終於決定要放棄，結果，又碰上她，阻撓了他重獲自由……

不知怎地，她突地想起離人筆下那個被鐵鍊束縛的女孩，心頭湧上一股難言的罪惡感，沉重得令她喘不過氣來。

4

爸爸媽媽在吵架。

那年，唐鈴十五歲，形單影隻地站在父母親的房門外。

「你不能讓她搬進來，只要我還有一口氣在，我永遠都還是你太太，我絕對不允許你把外頭的女人帶回來！」

「爲什麼不行？我們唐家需要開枝散葉，她的肚子已經很大了，醫生說是個男孩，爸媽聽了也很高興，已經催了我好久，妳在無理取鬧什麼？」

「開枝散葉？無理取鬧？我已經幫你生了兩個兒子！」

「兩個兒子？唐家除了我以外的男人，誰只生兩個兒子？那些弟弟們和堂兄弟們，誰不是生了四、五個帶把的？住在這大宅子裡的，包含那些叔公伯父阿姨堂兄堂嫂，誰是？妳倒是說來聽聽啊！」

「你要小孩，我也可以再——」

「妳已經生了一個白癡唐鈴，還想再生出另一個白癡嗎？」

「唐鈴你也有份，別說得好像都是我的問題一樣，唐駿、唐祿難道不是我生的？他們都是正常的！正常的兒子！」

「妳的意思是，唐鈴之所以是個白癡，是因爲我的種不好？」

「我不──」啪！清脆的一耳光中斷了女人的話。

「總之，我明天就會讓她進門，她肚子裡的小孩已經八個月了。念在這幾年夫妻感情的份上，我不會趕妳出去，妳還是唐駿、唐祿，還有那個白癡的媽。但是，假若她和她的小孩有什麼閃失，妳就帶著唐鈴一起滾出咱們唐家！」

男人氣沖沖地走出房間，看見站在門外的她，臉色彷彿更加難看了。他撇頭從她身邊走過去，在她腳邊啐了一口口水。

她一直站在門外等，等媽媽走出房間。

媽媽摀著臉頰，眼睛和鼻子都是紅的，看見她的時候，臉色蒼白，渾身顫抖。

她手裡拿著要給媽媽的畫，拚命衝著媽媽笑，想讓媽媽開心一點。但媽媽瞪著她，眼眶裡蓄滿淚水，看著她的眼神和爸爸每次看她的眼神很像，就如同她眞的是什麼髒東西。

那是第一次，媽媽明明已經看見她了，卻沒有走過來和她說話或是抱她。

過了很久以後，她才明白，媽媽看著她的那種眼神，叫恨。

寫到這裡，總算有比較順暢的感覺了。

李烽暫時擱下滑鼠，來來回回檢視過螢幕上的文字，躺向椅背，拿下鼻梁上的眼鏡，揉了揉眉心，舒了口如釋重負的長氣。

他喜歡悲慘的故事，喜歡痛苦不堪的主角與配角，書寫苦痛的情節對他而言有種莫名的療癒，令他感到人生充滿與主角對比的樂趣與希望。當然，這是指——假如陽臺那個鹹酥雞笨蛋不要再繼續唱歌的話。

喜歡你，車窗上的霧氣，彷彿是你的愛在呼吸。

喜歡你，那微笑的眼睛，連日落也看作唇印。

看了看腕錶，李烽的神情非常不耐煩，她已經足足唱了五分鐘了。

其實，她唱歌並不難聽，嗓音甜膩膩的，和她平常說話時的聲調不太一樣，非常適合柔軟甜美的情歌，當然，這也是指——假如他不想殺了她的話。

我喜歡這樣跟著你，隨便你帶我到哪裡……

帶她到哪裡？他只想一腳將她踹進地獄裡而已！對於意外續約一事，他可是還在記恨。她是怎麼回事？洗個衣服需要洗這麼久？

李烽非常無奈地望向他暫時擱在房門口，卻遲遲無法拿出去的洗衣籃，裡頭堆放著他的待洗衣物。

住在必須與其他房客共用陽臺與洗衣機的屋子裡就是有這個壞處，爲了避免碰上其他房客，他總是要格外聚精會神地傾聽陽臺動靜，等到陽臺全無聲響時，才悄悄地走入。

幸好，鹹酥雞笨蛋喜歡唱歌，簡直像脖子上掛著鈴鐺的貓咪，要避開她實在太容易了！

✯

要碰到李烽實在太難了！

藺如眞輾轉反側了好幾日，內疚不已，終於下定決心要找機會去向李烽道歉，無奈卻怎麼都碰不上他。

奇怪了，明明就住在對門而已，怎麼都遇不到。

按門鈴沒回應；等在電梯旁，等不到他出門；就連最近到陽臺洗衣服，她都刻意摸很久，想碰碰運氣，看會不會剛好遇到他出來洗衣服。結果，無論她如何處心積慮，就是碰不到面，枉費她還備好了一套懺悔說詞。

守株待兔實在太辛苦，等待衣服洗好的時間實在太難熬，蘭如眞只好站在洗衣機旁唱歌，若是換作平時，誰會在洗衣機旁傻傻站著等？早就回房，等衣服洗好，再出來晾就好。

這些日子以來，她已經不知道反覆唱過這些歌多少次，而且，她也有很仔細傾聽903或907號房的動靜，想聽聽看有沒有開關門聲，能不能恰好逮住李烽……

慢著？是不是有哪裡好像怪怪的？

既然她能聽對門動靜，那就代表李烽也能聽她的，該不會李烽也一直在聽她這頭的聲響，就因爲不想遇到她吧？

要死了，她還一直唱歌耶！

蘭如眞福至心靈，歌聲越來越小，刻意打開陽臺門再關上，接著完全噤聲，悄悄製造出她已經離開陽臺的假象，連大氣也不敢換一口。

果然，幾分鐘過後，便看見提著洗衣籃，一臉驚愕地瞪著她的李烽。

賓果！蘭如眞簡直快樂得想尖叫了！

老狐狸嘛他！幸好她也不笨，不然眞要等到天荒地老了。

毫無預警會遇見蘭如眞的李烽，一看見她那副樂呵呵的傻樣，立刻旋足回身。

搞什麼?!他以爲她已經走了！

「等等、等等，李烽，你先別走，你回頭看我一下，難道你都沒有什麼話想對我說嗎？」劇本不是這樣演的，藺如眞原本腦海中的劇場是，李烽看見她，多少會罵她幾句的，這樣，她就可以順勢向他道歉。

未料李烽眞的聽話轉過頭，很認眞地盯著她五秒。

「脊椎側彎。」哪有什麼想講的話？她的站姿就是這樣寫的。

脊……

「脊你個頭啦！」藺如眞爆氣，卻還是忍不住調整了一下站姿。

她一邊生氣一邊調整姿勢的模樣其實惹得李烽突然想笑，但他當然還是忍住了，僅是面無表情地瞪著她。

「妳到底要說什麼？」李烽盤胸瞪向她，墨色眸光深邃迷人。可惜藺如眞只想戳瞎他而已。

「我、我……」都那什麼脊椎側彎啦，害她原本想講什麼都忘了。

「給妳三秒鐘……三。」李烽轉頭。

「我……我一直都是個很笨的人。」眼見人高腿長的他一下就要消失在陽臺那頭，藺如眞驀然對著他的背影大吼。

「看得出來。」李烽涼涼地轉過身來。

「……」藺如眞！殺人是有罪的！至少也要先道過歉後再把他推下陽臺！

「對不起，我不知道當初其實是……我的意思是，我不該貿然逼你續約的。」蘭如眞沒頭沒腦地說。

「李陽都告訴妳了？」不需細想，便能猜知鹹酥雞笨蛋在說什麼，李烽回應得很快。

「嗯。」回想起與李陽的一番對談，蘭如眞很有罪惡感地點頭。

「無聊。」李烽眼神嫌惡，隱約還嘖了一聲，瞬間又將蘭如眞的罪惡感都嘖回去，殺機都嘖出來。

深呼吸！道完歉後就把他推下去！

「總之，我一路走來，讀的學校不是很厲害，功課不是非常好，朋友也不是特別多，畢業之後做著一份很平庸的工作，薪水不上不下，跟同事也處得不好不壞……沒什麼特別過不去或特別痛苦的地方，每天都過得很無聊，沒有有趣的事，也沒有開心的事，睜開眼，上班下班，日復一日，一點重心也沒有……」蘭如眞嘆了一口氣，繼續對著面無表情的李烽說。「而且，這種煩惱也無法向別人開口，說了，別人也只是認爲我身在福中不知福，無病呻吟而已，雖然，也是眞的在無病呻吟啦！」

李烽一聲不響地看著她，澈澈底底地用無言以對彰顯他的無言以對。

她和他說這些做什麼？縱使，他對她口中訴說的景況再熟悉不過。

生活在都市叢林裡，日復一日地磨耗心神，誰不是如此？她有必要向一個只見過幾次面的人交代這些嗎？

未料藺如眞話音一頓，臉色一變，雙眼突然燦亮鮮活了起來，神采飛揚地繼續說下去：「可是，因爲有離人，因爲有離人的稿子，因爲有離人的書，一切都不一樣了。」

要面對面，親口對最討厭的人、最心儀的作者訴說這件事並不容易，藺如眞鼓起非常大的勇氣，爲了誠心誠意地道歉，豁出去了。

「每個月初，我都想著這個月不知道能不能校到離人的稿子；看著行事曆上的出書日程，總要找找這個月有沒有離人的書要出版，假如有，又是哪一天要入庫，一定要先跟會計買。每一本離人的作品，我都買了三本，一本自己看，一本借人，一本不拆封供起來。」

三本？李烽眉心跳了跳。這種買三本書的行爲實在太瘋狂，即便他也會將愛不釋手的書本裝進專業的防潮箱裡避免受損，也沒有病得如此嚴重。

「所以，離人對我來說是有意義的，有非常非常大的意義！縱然我千不該萬不該威脅你，但是，我是眞的很希望、很希望還能繼續看見離人的作品。所以，那天情急之下才會出言要脅，對不起，是我不好，我眞的很抱歉。」

李烽冷冷地瞪著她，完全不知道該回應什麼。

他確實生她的氣，但也氣他自己的無能爲力；他確實想早點與李陽劃清界線，不要再維持著代筆與窗口的關係，但他們兄弟倆之間的帳實在不該算在她頭上。

坦白說，不只她該向他道歉，他也不該遷怒於她，但他並不想告訴笨蛋。果然，沒聽見他的回應，笨蛋又自顧自懺悔下去了。

「我想，我眞的很過分……明明覺得很對不起你，可是，聽見你願意續約，我又眞的很開心，光是想著『啊！還可以再看見一本離人的書』就覺得幸福得不得了，每天都很期待明天，日子彷彿有了重心，生活也不再無聊；想到可以再次感受書中那些情感與經歷，就讓我覺得每天都豐富了起來……」

奇怪，爲什麼越講臉頰越燙，雙頰暈暖，有種快休克的緊張感，她又不是在告白……慢著，她是不是聽起來眞的很像在告白？

「妳說完了沒？」搞什麼鬼?!她幹麼突然緊張起來，害他也跟著緊張起來。

一時間，又想起她觸摸他字跡時的神情，胸腔狠狠震蕩了下，不知該如何是好，口吻只得越發陰狠，臉色只得更加陰沉，欲蓋彌彰的耳殼卻悄悄紅了。

「……說完了。」好吧，雖然毫不意外他是這種反應，但是，看來，要他在短時間內原諒她是不可能的了。

難得她這輩子有一個這麼喜歡的作者，最後竟是這樣搞砸……藺如眞沮喪地垮下雙肩。

李烽將她頹喪的反應盡收眼底，什麼話也沒說，頭也不回地走了。

砰——陽臺門無情地關上，藺如眞眞想一頭在洗衣機蓋上撞死。

嗶——可惜，人在倒楣時，就連想在洗衣機上撞死，都會碰上衣服恰恰洗好，必須將洗衣蓋掀開的時刻。

唉！蘭如眞嘆了好大一口長氣，打開洗衣蓋，將衣物一件件拿出來晾好。

提著空蕩蕩的洗衣籃要回房間的時候，竟覺內心深處有某個部分也被掏空，簡直就像失戀一樣。

討厭，講了那麼多，掏心掏肺，一點回應也沒有，縱然，對方是她最討厭的李烽，但是，也是她最喜歡的離人……

蘭如眞悵然所失，行屍走肉般地踱回905號房，才打開房門，便看見地上有個牛皮紙袋。什麼東西？又是怎麼來的？難道是從門縫塞進來的嗎？

蘭如眞狐疑地望向門外，將洗衣籃擱到一旁，矮身拾起，將裡頭的物品拿出來一瞧——竟是太宰治那本《離人》，有離人字跡的《離人》。

《離人》怎麼在這裡？是李烽從門縫塞進來的嗎？廢話，不是李烽難道是鬼嗎？但是，爲什麼？

是要送她的嗎？他不生她的氣了？他把她的話聽進去了？甚至還拿了那天她死命抱著不想還的《離人》送她？難道這是一種示好的表現嗎？

蘭如眞簡直開心得想尖叫了！

藺如眞衝出房門，滿腹疑問，卻又欣喜若狂，拚命亂按對面903和907號房的門鈴，試圖想尋求解答。可無論怎麼按，房裡的人就是不開門。

李烽背抵靠著房門，耳邊聽著瘋狂亂響的門鈴，手摀著心口，不知爲何胸腔砰砰亂跳。

坦白說，從小到大，他被各式各樣的女孩告白過，也收過各式各樣的讀者信，但是，從沒有一個像她這麼赤裸裸，這麼坦白，這麼有事，害他也覺得他很有事，耳殼發燙，面龐燥熱。

她眞的很瘋狂，不過道個歉而已，開誠布公，像要把族譜一一向他交代過一樣，掏心掏肺；不過給她一本書，就高興成那樣，神采飛揚地亂按門鈴。她手不痠嗎？

他打開門旁影像對講機的畫面，從畫面裡看見她站在門口眉開眼笑，手舞足蹈的模樣，甚至懷疑他現在開門，她會開心得跳到他身上來或是向他下跪。

笨蛋……緊皺的眉心悄悄舒展開，隱約掠過一絲理解與歡欣。

其實，他原本也覺得生活很無聊，日子很無趣。可是，自從上次被她識破離人的身分之後，竟覺生活額外添了點滋味。

因爲想躲她的緣故，開始傾聽外頭聲響，與外界產生聯繫，不再封閉；看見她找不到他，莫名有樂趣及成就感；而聽見她說著很平淡很無趣很瑣碎的那些，內心裡有個非常柔軟的部分，爲著他的文字竟能那麼令她依賴感到非常感動。

亂七八糟的念頭來得太快——很想，讓她知道他並不生她的氣，很想，令她快樂起來。

於是，等他回過神，已經將那本她上次細細撫觸過的《離人》，以牛皮紙袋包好，塞進她的門縫裡。

他到底在做什麼啊？爲什麼看見她如今雀躍無比的模樣，會覺得很開心？

她笑得好溫暖，好像全世界的光都在她臉上……

她從前就是長這樣嗎？爲什麼他突然覺得她長得沒以前那麼笨了？

「李烽，謝謝你，我會好好珍惜的。」由於遲遲得不到回應，藺如眞索性沒頭沒腦地站在903與907號房前大喊。

他會聽見嗎？他會聽見的吧？

她牢牢抱著那本《離人》，緊緊拽在懷裡，不停傻笑，驀然驚覺，也許，李烽是個很溫柔的人也說不定。

有向他懺悔眞是太好了。

＊

既然收到禮物，那麼便要回禮，藺如眞是這麼想的。

聖多諾黑、聖多諾黑……不搜尋不知道，一搜尋才曉得，原來臺北有賣聖多諾黑泡芙塔的咖啡廳與飯店居然那麼多啊！

就算把不需排隊預定的店家，和照片上看來與上回吃的不像的扣除，起碼也有超過十家。李烽那麼偏執，一定非同一家不可吧？

怎麼辦？要一家一家找嗎？萬一根本不是網路上可以查到的這些呢？

難得的休假日，蘭如眞已經盯著電腦愁眉不展了一個上午，眞想直接過去按對面門鈴，把李烽抓來問一問。

可是，不用想也知道，李烽一定會用那種她是白癡的眼神看她。而且，提前讓人家知道禮物是什麼就沒意思了嘛！

蘭如眞坐在電腦桌前，將李陽給她的黑框眼鏡架到鼻梁上，試圖找尋什麼靈感，左右張望了會兒，看看天花板，又看看地面，老覺得她好像忽略了什麼事情。

其實，眞要說禮物的話，她現在戴著的這副眼鏡也是李陽送她的禮物，她應該也得向李陽……慢著，李陽？對！她爲何不去問李陽？

「我得去上課了……我沒說過嗎？我在幾個運動中心和冰場當教練。」

YES！蘭如眞福至心靈，打開Google，重新搜尋。

臺北附近的運動中心和冰場不過就那幾家，官網上應該也有教練名單，找李陽比找聖多諾黑容易多了。

果然，才搜尋了一會兒，蘭如眞便在網路尋得李陽蹤跡。很快地，她便來到一家鄰近運動中心的冰場。

她的運氣很好，方才致電冰場詢問時，他們說李陽恰好今天有課，現在人就在冰場內。

假日的冰場人潮較多，蘭如眞買了參觀票進場，站在護欄外，眸光正在冰面上來回搜尋，還沒找到李陽，倒是先碰上路歡。

「蘭如眞，妳怎麼會在這裡？別說是來溜冰的。」路歡重重拍了下蘭如眞的肩膀。

表妹從小到大都是運動白癡，別說滑冰了，就連體育課跑個步都能哎上老半天，怎麼可能假日來運動？路歡很有興味地挑眉。

「我來找李……呃？」蘭如眞全無心眼地回答到一半，猛然收口。

不對，路歡既然以爲李陽是離人，那麼，路歡知道李陽在冰場當教練這件事嗎？

又，假若路歡不知情，那麼，她說出她要來冰場找李陽這件事的話，是不是有害離人身分被揭穿的嫌疑？

說謊能力低下的蘭如眞望著路歡，越望越心虛，突然有點不知如何是好，支支吾吾，完全無法接續下去。

她結結巴巴且不知所措的模樣將路歡澈底引導至別的方向。

「還敢說妳對離人沒有妄想？沒有妄想會休假跑來找人家？」路歡大力戳了下藺如眞的額頭。「之前還說得那麼振振有詞，這下不就被她親眼撞見了？」

「痛痛痛……不是，咦？表姊，妳知道李陽在這裡？爲什麼？」藺如眞摀著額頭哎哎叫。

「他有說過他在冰場當教練啊，幹麼？作者大多數都兼差寫稿，有正職很正常吧？」

「也對啦。」眞是萬無一失的說法啊，藺如眞眞是佩服李烽與李陽的周延，他們共用離人這個身分簡直共用得天衣無縫。

「所以，表姊，妳爲什麼在這裡？妳也是來找李陽的？」藺如眞言歸止傳。

「是啊，我在附近辦事，順便過來問他有沒有興趣辦簽書會，趁著他休息的空檔，和他聊了一下。」

「如何？他有興趣嗎？」簽書會？眞不敢想像，屆時若要舉辦，是李陽要出席，還是李烽要出席？藺如眞納悶。

「跟以前一樣，他說要想一想。」路歡皺了皺鼻子，出口抱怨。「眞不明白，好好一個大男人，怎麼沒有一次能夠當機立斷？每次問他什麼，他都說要想一想，到底有什麼好想的？毛這麼多。」

藺如眞乾笑，不便回應。

當然需要想啊！李陽畢竟只是個對外窗口，無法擅自作主，他還得問李烽那個難搞大魔王呢！可惜她不能對路歡說明。

「好啦，那我先走了，我還要去別的地方。」路歡擺手向她道別，臨走前，又再度伸手戳了戳藺如眞額頭。「妳呀妳，崇拜歸崇拜，不要眞和人家談戀愛，知道嗎？」

「好啦，知道了啦！」眞討厭，每次都要碎碎念！藺如眞摸了摸簡直快被路歡戳出洞來的額頭，朝她的背影癟嘴。

談什麼戀愛啊？她只是來問聖多諾黑哪裡買的好嗎？

腹誹路歡到一半，冰場內外突然傳來一陣騷動，不知怎麼回事。藺如眞稍微站到前面一些，便看見周旁的目光都集中在冰場中央。通常，冰場中央都是教練或選手的專用地，外圍才是一般民眾使用的區域。

冰場中央聚集著幾位手持冰球桿的人，正在滑跑、爭球。

「哇！他們在幹麼？比賽嗎？」

「不是比賽，只是在玩傳接球而已。」

「看！那個男的好帥氣！姿勢超漂亮的，速度好快！」

「當然帥氣，沒看見人家穿著教練背心嗎？」

藺如眞隨著他們的眸光往場內望，場中央穿著教練背心的那個男人，頭上戴著頭盔，手裡拿著冰球桿，滑行、蹬冰、壓步轉彎，敏捷地抄截了另一支球桿下的扁平黑色盤形球，迅速傳給另一位。

他的動作太流暢，行雲流水，一氣呵成，快得幾乎令她的視線跟不上。她的目光還來不及移到他那裡，他忽爾朝她這一望，一個大迴轉，腳上的冰刀在冰面上鏟出薄雪，發出一道長長的急煞聲響，再度惹來場外一陣尖叫。

「太帥氣了！」

「眞不愧是教練！」

男人迅捷朝她的方向奔來，單手扶住護欄，輕輕鬆鬆一撐，飛越到她面前來，站定。

嘶——藺如眞都還沒反應過來，便聽見自己抽了口長氣，暫時忘記呼吸。

「如眞，眞的是妳？」男人拿掉頭上的護具，甩了甩頭，額際薄汗閃閃發亮，髮絲柔軟飛揚，眸光中有一絲發現她的驚喜。

李陽俊顏輝映冰面上的銀光，朝她笑得燦爛。

✻

「所以，妳想知道李烽喜歡吃的聖多諾黑是哪家的？」

聽完蘭如眞一五一十地敘述上次向李烽道歉的事之後，李陽咬下一隻手套，一邊翻找口袋中的零錢，投幣點按自動販賣機上的按鍵，轉頭問她——

「美式？拿鐵？還是卡布奇諾？」

「卡布奇諾，謝謝。」蘭如眞接續方才話題，朝他點頭。

「嗯，網路搜尋出太多家了，我想了想，還是來問你好了。」

「喏，給妳。」李陽將販賣機剛掉出來的咖啡遞給她，也爲自己投了一杯。

「咖啡的錢。」蘭如眞將備好的零錢遞給李陽。

「不用，請妳喝。難得妳來找我，我請是應該的，眞要謝我，就喝完它吧。」李陽搖頭，笑著補充。「不要小看冰場，初進來時不覺得冷，待久了之後，很容易手腳冰冷，尤其是你們女孩子，喝點熱的暖暖身體比較好。」

「好。」蘭如眞聞言端起咖啡，實在很難不因李陽露出微笑。

李陽眞的好好，人如其名，像太陽一樣，暖暖的。他不說還不覺得，經他一提，才後知後覺眞的有點冷。

蘭如眞雙手捧著暖乎乎的杯子，笑得可愛，鼻頭凍得有些紅紅的，一臉幸福的模樣令李陽失笑。

「小心，別燙著了。」見她一副要豪飲的模樣，李陽叮嚀。

「好。」藺如眞聽話放下舉高的杯子，就著杯緣小口啜飲，看向冰場中央方才那幾道和李陽一起打球的身影。「你在這裡陪我沒關係嗎？」

「沒關係，現在是自由時間。走吧，我們去坐那裡。」李陽找了張長椅，要藺如眞坐下，自己也跟著坐到她身旁，喝了口咖啡。

「但你剛剛……」

「只是在玩而已。」李陽知道她要說什麼，搖頭，要她別在意。「對了，路主編稍早時也有來。」

「我知道，我有碰到她，她說來問你簽書會的事。」

「妳覺得有可能嗎？」李陽忽爾問她。

「什麼？」藺如眞一怔，一時之間沒搞懂李陽在問什麼。

「簽書會呀，妳覺得李烽有可能會答應辦簽書會嗎？」李陽試圖解釋得更清楚一些。

「我覺得哦？好像……有點難。」藺如眞忖了忖，搖頭。

「我也這麼想。但是，依照路主編方才的說法，感覺利多於弊，或許應該嘗試看看？」

「是啊，現在出版業不景氣，能讓出版社願意花心思辦活動的作者已經不多了，是應該好好把握一下機會才對。」藺如眞就事論事。

「那麼，如眞，妳覺得，假如是妳問李烽的話，說服他的機率會不會大一些？」李陽思索了會兒。

「啊？爲什麼？」蘭如眞再度一愣，不懂李陽這推測是怎麼產生的。

「他不是把書送妳了嗎？」否則蘭如眞也不會專程跑到這裡來問他聖多諾黑哪裡買。

「送我書和被我說服是兩回事吧？」蘭如眞圓圓的眼睛睜得更圓了。

「不，那是一回事。其實李烽是個很容易心軟的人，若是由如眞妳去說服他的話，成功機率應該頗高。」

「是嗎？」蘭如眞偏頭，她對李烽了解得並不夠多，不好對於他容不容易心軟這個話題回應什麼，重點是……

「你希望我去說服李烽辦簽書會？」這實在太驚人了，她應該沒有誤會李陽的意思吧？

「嗯，或許妳拿聖多諾黑過去的時候，可以順便打探他的意願，試試說服他？」

「呃？不好吧？我都還不知道他會不會理我呢！我想過了，要是他怎樣都不開門，我只能把聖多諾黑放在門口，或許根本連他的面都見不著。他又不像你這麼好相處。」蘭如眞對於李陽的提議感到不可思議。

「好吧，這給妳，祕密武器。」李陽琢磨了會兒，忽地拉過她的手，在她掌心中放了某樣物事。

蘭如眞低頭一看——是把鑰匙。

「這是什麼？」

「907的鑰匙。」

噗——藺如眞嘴裡那口咖啡差點噴出來。

「你就這樣把李烽賣了？」他眞的很胡來耶！擅自拿哥哥的稿件去投稿，居然還擅自將哥哥工作室的鑰匙給別人?!

「因爲是如眞嘛，不必我說，不到緊要關頭，妳絕對不會用的吧？」他的觀察力向來敏銳，根據他的判斷，會惦記著要向人道歉與道謝的藺如眞，絕對不是會貿然去打擾別人的性格。而且，由藺如眞的說法聽來，李烽也並不討厭她，李陽並不認爲這樣做有何不妥。

「是這樣沒錯啦……」

「而且，李烽那人忙起來沒日沒夜的，我也不是時常照看得到他。妳就住在他對門，要是他突然有個什麼狀況，我趕不及，彼此有個照應也比較好。」李陽說得非常認眞。

「他都那麼大的人了，還會突然有什麼狀況啊？」藺如眞莫名其妙，講到一半，念頭一閃，又問。「啊，難道你是指什麼地震、火災之類的嗎？」

「……嗯，是啊。」李陽頓了頓，將某些不適宜現在提及的話題嚥回去。李烽的身體確實有些因心理狀態產生的問題，但這不需要現在提起。

「唔……」假如這麼擔心他，你們爲什麼沒有住在一起呢？藺如眞差點就這麼問出口了，想了想，又覺得這好像是別人的家務事，還是別問好了。

「鑰匙給我，那你呢？」藺如眞轉而問另一件事。

「這是備用的，我還有一把。」

「好吧，那我就收下了，但是，不到危急時刻我是不會用的，拿聖多諾黑去道謝不算哦。不過，假如我今天有順利見到他的話，我會順便提一提簽書會的事的。」

「好，謝謝如眞。來，手機給我，妳有Line吧？」

「有啊，我有。」藺如眞二話不說地拿出電話給李陽。

李陽迅速掃描了藺如眞的QR Code，將她加入好友，也同時傳了檔案給她。

「這是聖多諾黑一二三。」李陽將手機還給她，點開上面的記事本檔案。

「一二三？」藺如眞一頭霧水，低頭看向手機。她當然看得出來那是咖啡廳或飯店的地址與電話，但是一二三是怎麼回事？

「他心目中的第一名、第二名與第三名，依序也分爲超級難買、有點難買，普通難買。妳去之前先撥個電話問一下，運氣好的話，或許其中一家有現成的。」

「你平時做事都要準備這麼多方案嗎？」藺如眞嘆爲觀止。

「只有對付李烽時才需要。他要求特別多，偏偏沒有甜點會死。」李陽口吻中隱約有笑意。

「沒有甜點會死？哈哈哈！」這個評價放在李烽身上超不對勁的，好好笑，又乖違得有點可愛。

李陽也跟著笑了。

「那麼，簽書會的事就麻煩如眞了，看他怎麼回應，妳再告訴我。對了，雖然妳可以用Line打電話給我，不過手機號碼也給妳好了。」李陽再度將她的手機拿過來，輸入自己的行動電話號碼。

「距離下一堂課還有兩個小時，妳要留下來嗎？我可以陪妳，想試試滑冰嗎？」將手機還給藺如眞之後，李陽又問。

「我想滑冰，我一直很想學！」藺如眞雀躍，偏頭想了想，猛地噤聲。

不對，現在可不是滑冰的時候。

「下次好了，我今天想先去找聖多諾黑，不然這件事一直擱在心上，怪難受的。」

「好吧，那下次。」李陽看起來有些失望。

「好哦，下次。」往常，每次和李陽碰面，都是李陽趕著要離開，主動問她要不要留下來還是頭一遭，藺如眞受寵若驚，十分高興。

「妳只要適時表現出對我的興趣，李陽就會喜歡妳了。」

高興歸高興，李烽曾經說過的話卻驀然跳上心頭，令蘭如眞怔了一怔。

「怎麼了？」李陽發現蘭如眞的閃神。

「沒有，沒什麼。」蘭如眞聳肩，有些尷尬地笑了笑。

她在胡思亂想什麼啊？李烽八成是隨便亂講的吧？這應該只是她巧合而已。

「那我走了哦，李陽，謝謝你。」蘭如眞起身，將已經空了的咖啡杯拿到垃圾桶丟棄，揮手向李陽告別。

「不客氣，路上小心。」李陽也朝她擺了擺手，笑容颯爽，在蘭如眞的背影已經完全看不見的時候，眼睫一瞬，泯去所有的晴天。

5

唐鈴多了一個新媽媽。

新媽媽的肚子圓圓鼓鼓的，他們說裡面有一個寶寶。她看不到肚子裡的寶寶在哪裡，但她看得到新媽媽帶回來的姊姊。

他們說，姊姊和她一樣十五歲，而且，長得和她很像。

「原來你跟她早就在外頭生了孩子！你怎麼可以這樣對我？現在好了，她懷上了兒子，可以光明正大帶進門了，你到底還有沒有把我放在眼裡?!」媽媽看見新姊姊的時候，顧不得爺爺奶奶和所有的叔叔嬸嬸伯伯阿姨都在場，對著爸爸又搥又打，又哭又吼，再度被爸爸打了一個耳刮子，整個人重重跌在地板上。

她衝上前抱媽媽，卻被媽媽推開，惡狠狠地瞪了她一眼。從那天起，媽媽便不再笑了，也不再來房裡陪她了。

但是，新姊姊卻願意來陪她玩。

「吶，妳聽得懂我說的話嗎？」一天下午，新姊姊蹭到她房裡來，拉起她的手，親親愛愛地問。

她眨著圓圓的眼睛，沒有回話。

「我知道，妳是唐鈴，我叫做趙海棠，不對，以後我就叫作唐海棠了。我雖然跟妳一樣十五歲，但是我大妳幾個月，是妳的姊姊哦。」

她還是直勾勾地盯著新姊姊瞧，歪著頭想，和新姊姊說話可以嗎？假如媽媽看見了，會不會也開始討厭她了？不過，媽媽好像已經開始討厭她了……

「唐鈴，我是唐家的私生女，妳是唐家的……嗯……總之，我們都不討人喜歡，我們來當好朋友吧！好不好？」

唐鈴猶然一臉不解。

「聽得懂我在說什麼嗎？唐鈴，妳。」唐海棠伸手比了比她，接著比了比自己。「我，唐海棠。」

「唐……棠？」

「好，就唐棠吧！妳是唐鈴，我是唐棠，唐棠給唐鈴糖糖。」唐海棠對唐鈴的稱呼毫不在意，反而嘻嘻哈哈地將錯就錯，從口袋裡摸出一顆有著漂亮包裝紙的糖果，拉過唐鈴的手，放進她掌心，笑顏燦燦地問。「唐鈴喜歡糖糖嗎？」

唐鈴張大嘴，沒有立刻回話，僅是歪著頭看著掌心中那顆糖果，不知在想些什麼。

唐海棠在一旁等到逐漸沒耐性，正當她打算放棄，以為唐鈴不會回話時，唐鈴卻仰起臉來，朝她拉開一個大大的笑容，天真純粹地像個孩子，喜道：「喜歡。」

喜歡糖糖，也喜歡唐棠。

唐棠是除了媽媽以外，第一個願意和她說話，第一個願意給她糖的人。

唐鈴喜歡新姊姊。

藺如眞喜孜孜地拎著聖多諾黑，預想過八百種來找李烽時可能會碰上的狀況，包括怎麼按門鈴都沒人應門、被李烽白眼，或是從門縫中伸出一隻手把聖多諾黑拿走，然後砰一聲關上門的可能性，但不論是哪一種，都絕對不會是眼前這一種。

「妳英文好不好？」打開門看見藺如眞的第一時間，李烽推了推鼻梁上的黑框眼鏡，出聲發問。

「啊？英文？」藺如眞一愣，完全不明白這問句是從哪裡飛出來的。

「唔……還可以。」

「有筆記型電腦嗎？」

「沒有。」見李烽挑高了一道眉的不可置信模樣，藺如眞不服氣地回。「幹麼？不能沒有嗎？我又不帶工作回家做，在家要上網要看影片用手機就好了啊！」

「進來。」李烽將門扉推得更開一些，側過身子讓出一條路。

「啊？」蘭如眞完全反應不過來，看著李烽讓出的通道，一時還以爲身處異世界。

「進來。」李烽又說了一遍，這回話音比方才更短促，明顯不耐。

「什麼？是說我可以進屋子裡嗎？」雷龍的神經稍微傳導了一下。

「不然呢？妳說話可不可以快一點？」李烽雙手盤胸，發現要對她和顏悅色眞的很難。

路主編究竟是怎麼與她共事的？

「你不要老是句點我，我就不會這樣了啊！」簡直是惡人先告狀嘛！蘭如眞忿忿。

「快一點。」因著連續趕稿多日，睡眠不足的李烽耐性幾乎探底。

「……爲什麼要進去？你感謝我買聖多諾黑來感謝到要請我進屋了嗎？這眞是太神奇了！」

李陽說李烽沒有甜點會死果然是正確的，早知道用甜點收買他就對了啊。

「沒時間廢話了，我手邊有些稿子得寫，還有一些稿子要校，包含翻譯稿，明早七點前要全部出去，我沒時間再校潤了。」李烽抬手看了看腕錶，時間已經來到下午六點，非常緊迫。

「慢著，你莫非是要找我校對嗎？」雷龍蘭如眞總算反應過來了。

「不然呢？」

「你這是拜託人的態度嗎？」

「好，妳走。若不是妳，我就不必再幫路歡多寫一本稿子，工作量也不會超載，把妳沒誠意的聖多諾黑帶走。」李烽涼颼颼地瞪著她。

太過分了！用罪惡感壓死人是不道德的！為什麼愛吃甜點的男人個性一點也不甜呢？

「好嘛！我校！我校我校我校！」藺如眞拎著其實很想砸到李烽臉上的聖多諾黑，氣呼呼地擦過李烽臂膀，恨恨地走進她最喜愛的離人工作室裡。她沒發現李烽望著她一秒便被激怒卻投降的背影，唇邊的笑弧其實和「甜」這個字稍微扯得上一點邊。

好單純，傻瓜。李烽反手關上大門，因著睡眠不足而惡劣的心情似乎好了一點點。

✻

「這是我的舊電腦，功能上沒什麼問題，已經連上WiFi，假如妳需要上網查資料也可以，但是不要動桌面上的資料夾和文件。」

進入907後，李烽讓藺如眞坐在沙發上，站到她身旁，在她面前的桌子擺了部筆記型電腦，將滑鼠與滑鼠墊都放置穩妥，電腦開機，眉心在看見桌面上某個年代久遠的資料夾時微微聚攏，神情上的異樣收斂極快，旋即恢復平靜。

太久沒使用舊電腦，都忘了有些陳年舊事還留在上頭，沒有刪除。

無妨，鹹酥雞笨蛋應該不會亂動亂看，即便看了又如何？那都是些過往之事，不需介懷，李烽放下雜亂心思，專注於眼前。

「好。」藺如眞頷首，彷若置身異世界的詭異感，令她久久不敢置信。

她坐在離人的工作室裡，正要與他一起工作……

雖然她是因著罪惡感被強迫前來的，理論上應該不是很情願，但是粉絲模式蠢蠢欲動，居然有股說不出的欣喜。

這眞是太沒志氣了……藺如眞對自己感到無能爲力，十分懊惱。

「檔案我存在隨身碟裡。」李烽將隨身碟接上USB插槽，一邊打開文件，一一爲她解說。「這是原文檔案，這是翻譯初稿，原文約莫三百頁左右，譯稿則接近四百頁。」

他立在她身旁，微微傾身，一手放在沙發椅背上，另一手放在滑鼠上，爲她點開電腦螢幕上的文件，遮蔽她半邊的螢幕與光線，距離近得她能聞到他衣服上的柔軟精香味。

藺如眞仰顏睞他，目光很自然地膠著在他身上。

他看起來似乎有點累，眼下隱約有著淡色青影，卻都無損於他的好看與氣場。

他的眸光專注靜深，側顏冷峻，抿唇呑嚥時，依稀可以看見漂亮頸線上的喉結滾動；他穿著黑色針織毛衣，依然戴著黑框眼鏡，斯文有氣質，可眉目銳利，凝神專注的模樣隱約有股逼人氣勢，讓人覺得忤逆他彷彿都是罪大惡極。

睡眠不足且面無表情還能這麼好看，老天爺眞是太不公平了！

「因爲只有初步譯過，文句的部分比較粗糙，需要妳做調校的就是這部分。若有句意不通順，或是標點符號錯誤的地方——」

「等等，這是你接的翻譯外稿對吧？」藺如眞消化完他所說的話，猛然回神，出聲打斷。

「是。」李烽低頭睞她。

「那你根本不用找我校稿啊，出版社本來就會再發給校對，就算你不校也無妨。」藺如眞不解。一本書要出版前原就會經過重重關卡，就算是譯稿也一樣。

「我說過了，我只有初步譯完而已，並沒有再看過第二遍，文句也沒有調整過。」李烽再度強調了一次。

「我有聽見啊，但這並不是你需要負責的範圍，出版社本來就會請校對，就算你不自己校潤過，他們也需要校潤，反正他們橫豎都要發給校對，你幹麼多此一舉？」快放我回家啊你這個渾蛋！藺如眞說了這整大串，最直白的翻譯其實是這樣。

「這是只有看過一遍的稿子，我不喜歡給出這種東西。」李烽平緩堅定地答。

只看過一次的稿子，一定還有諸多疏漏，怎好意思給出去？倘若不是時間緊迫，他也不喜歡假手他人。

「……」他剛剛強調了「初步譯完」、「只有看過一遍」幾次？

兩次？還是三次？他到底有多麼無法忍受這種瑕疵？

好吧，完全不意外。他是離人嘛——完美主義的離人、強迫症的離人、偏執的離人——平時他的稿子，也是很難校到錯字或錯誤的標點，可見他對他自己的要求有多麼謹慎嚴苛，不知審潤修訂過多少次，莫怪他會完全無法接受把只有「初步翻完」的譯稿給出去。

藺如眞想了想，頗能明白他的感受，聳了聳肩。

「好吧，你要我追蹤修訂？還是直接改在上頭？要校到什麼程度？」

藺如眞的心情其實非常複雜。她完全能夠理解，也十分讚許李烽的高標準與工作態度，但又有點討厭自己就這樣任李烽擺布。

其實，她本來就是來向李烽道謝的，能夠幫上他的忙，她應該感到高興才是，更何況他是她的偶像離人。

可是，爲什麼高興的同時，又很想伸手掐他脖子呢？一定是因爲他利用她的罪惡感吧？哼哼，李烽這人實在太難令人心甘情願了。

「妳先追蹤修訂一部分給我看，我才有辦法回答妳這個問題。」李烽沉吟了會兒。

也是啦，不知道對方的要求與能力到哪裡，質感與標準又在哪裡，確實是需要磨合討論一下的。

「好，我做到一個段落給你看。」藺如眞毫無異議，伸手便要搭到滑鼠上開始工作。

掌心毫無預警傳來一股暖意，她沒發現李烽的手還放在滑鼠上頭，不經意覆蓋他手背，牢牢捉握住他的手指。她都還沒反應，李烽倒是先迅雷不及掩耳地將手抽回去。

「對不起。」由於他的反應太大，藺如眞本能向他道歉，道歉完，又覺得莫名其妙。幹麼啊？又不是小學生，碰到手會怎樣？她向他道歉做什麼？

還有，他那是什麼反應啊？難道是嫌她髒嗎？

李烽不自在地動了動方才被她觸碰到的手指，耳朵燙燙的，平板地橫她一眼。他信步走回自己的工作桌前，目不斜視地開始敲打鍵盤，著手寫起他欠另一個出版平臺的專欄，努力忽略方才觸及他手指的溫度與熱度。

她的手很軟，肌理細緻，體溫比他的略高一些，而她總是用這樣的手撫觸他的字，用一種柔軟且戀戀的眸光望著他的故事……

砰咚——心音無預警喧囂，他神色僵凝，壓下莫名騷動，加倍寄情於工作。

藺如眞瞪著他冷凝臉容皺了皺鼻子，埋首電腦前，不禁又腹誹了他幾句，完全忽略李烽也許根本很純情這種選項。

✯

兩人各自埋首工作的907號房裡非常安靜，僅有翻閱紙張的聲音，滑鼠在軟墊上移動的聲音，與鍵盤敲動的聲響。

蘭如眞專心校潤電腦螢幕上的稿件，李烽凝神撰稿，時而鎖眉，時而拿起筆來在紙張上書寫，兩人都不禁有些走神。

爲什麼要找她校稿？／爲什麼要幫他校稿？

埋首工作之餘，時不時會有這般念頭跳上來占據腦海。

其實……是因爲沒有很討厭她／他吧？

雖然覺得她很蠢／雖然覺得他目中無人，可是，並不是眞心討厭對方，不排斥與對方一起工作，甚至隱隱約約的，悄悄的，默默有些期待……

「蘭如眞。」李烽突然冷冷地喚過來，連頭也沒抬。

「啊？」蘭如眞手上的滑鼠差點嚇掉，揚眸睞向坐在她對角線的他。

「不要再朝我這邊看了。」就算他再怎麼專心，隱約還是能感到有股視線，若有似無地頻頻朝他投來。

「你才一直往我這邊看呢！」蘭如眞有些心虛地瞪向他，不服氣地朝他努了努嘴。

「那是因爲妳一直看過來。」李烽椅子一轉，正面迎視她，包裹在牛仔褲裡的長腿優雅慵懶地交疊，一副她很不可理喻的模樣。

「就是因爲你看著我，所以我才朝你那邊看的啊！」蘭如眞聲調明顯揚高，她絕對不承認這是惱羞成怒。

「隨便妳。」絕對不承認惱羞成怒的還有這一位，李烽轉回身，忽略那份欲蓋彌彰。

「隨便我就隨便我。」蘭如真哼哼，伸手比向一旁印表機。「我可以用印表機吧？」

「請便。」她從事文字工作，久坐辦公室，將筆記型電腦與印表機連線，再從印表機印出文件對她而言絕對不是難事，不需他操心，李烽完全沒有去幫忙她的打算。

果然，沒幾分鐘，蘭如真便列印出方才做好的一部分稿件，拿到他身旁來。

「我想了想，因為需要修改的部分不多，追蹤修訂其實比較清楚，要接受或取消變更也不會太費工。我猜，你應該不放心我直接改在上頭，一定還會想要自己看一遍，所以我列印出來，你改在紙本上，電腦稿我來做就好。」

見李烽沒有立刻回話，蘭如真戰戰兢兢，莫名有些緊張，連忙補充：「我知道，這可能有點浪費紙，但你已經對著電腦寫稿花了太多時間，看紙本稿眼睛比較不會累，假如你不想這樣也沒關係。」

「我看看。」李烽淡應了聲，接過蘭如真遞來的紙本，推了推鼻梁上的眼鏡，專注看起上頭的注解，決定等看過蘭如真的成品後再做打算。

蘭如真佇在他身旁，不安地扭絞手指，發現讓他看稿子比讓路歡看更緊張。

想被他肯定，想被他認同，想被他稱讚，因為非常崇拜喜愛他，所以也想被他喜愛。

李烽靜靜翻動紙張，細讀她調校過的文字，試圖從中找出不適當之處，卻意外發現她的質感比他想像中的更為可靠。

雖然，他當初就是信任她能被出版社任用，與他配合過許多作品的專業，所以才開口要求她來幫忙，但她做的顯然比他預期中的還要好。

她好像很了解他，明白他的行文方式，明白他使用標點的習慣，遣詞用字的語感。

這真的非常驚人，她是他的校對，也是他的讀者。她曾經清楚宣告過他對她的意義，也曾經緊緊拽抱他的書不放……

李烽不自在地清了清喉嚨，這絕對是因為他睡眠不足，太累的緣故，而不是因為他的心情會不自覺受她影響，有時想起她的時候，心跳還會微微略快。

「就這樣吧，有疑問的地方再和我討論。」他將手邊的稿件還給她，仰顏睞她，藺如眞卻沒有及時接過，僅是牢牢盯著他不放。

這樣從上往下看，才發現他的眼睫毛好長，幾乎碰到眼鏡鏡片了。還有，他剛才翻動紙張的手指修長，指節分明，指甲修得短短的，非常乾淨好看，這難道沒有犯罪嗎？

「回神，發什麼呆？」李烽眉心緊蹙，瞇細了漂亮的長眸瞪她。

「因為……看起來很好吃。」藺如眞沒頭沒腦地答。

「什麼？」李烽的眉心皺摺更深了。

「你的手、臉、脖子，看起來都很好吃。」

假如目光可以殺人的話，藺如眞應該已經死一百遍了。

「妳有病。」這是肯定句，不是疑問句。她爲什麼可以一臉無辜天眞又可愛的說出這種近似調情的話？

腦子進水？進水的恐怕還有他。他耳朵嗡嗡嗡的，臉龐熱辣。

「你才有病！」藺如眞陡然回到現實，被他罵的，也被她自己糗的。她在跟他胡說八道什麼？粉絲模式不要隨便on啊！

「現在都已經八點多快九點，我肚子餓了，當然看什麼都很好吃！」這不只是單純掩飾尷尬的發言，她是眞的餓了，肚子咕嚕咕嚕的。

「妳可以去吃冰箱裡的聖多諾黑。」一副法外施恩的口吻。對李烽而言，將聖多諾黑分給別人可是多麼天大的恩惠。

剛剛她拿著聖多諾黑來的時候，他急著幫她張羅電腦與稿件，沒空品嘗，就先拿去冰箱裡放著了。

「那是甜點，甜點又不會飽。」藺如眞對他的提議感到不可理喻。

「甜點不會飽？妳是豬嗎？」李烽才覺得她不可理喻。

「你才小鳥胃咧你！甜點本來就不會飽，那是另一個胃啊！」藺如眞忿忿，放棄教化他的可能。

「算了，不跟你說了，我自己出去買。」藺如眞拎起皮包便要往外走。

「不准買鹹酥雞。」李烽對著她的背影喊，一秒鐘便把她氣急敗壞地喊回來。

「這時間很多便當店都關門了，不買鹹酥雞要買什麼啊？肚子餓我就沒力氣工作了，頁數那麼多，到明早七點一定來不及的。」可惡！他怎麼知道她想吃鹹酥雞啊？藺如眞氣呼呼地瞪著他跺腳。她發誓，她全身上下眞的只剩下跺腳的力氣而已。

「眞麻煩……」李烽滑開椅子，霍然站起，隱約還聽見他嘖了一聲。

怎麼這麼會激怒人啊？眞是的！

「你要幹麼？」藺如眞不明所以地看著他走進廚房，打開冰箱，後知後覺才意會過來，這架勢……難道是要煮飯嗎？藺如眞嚇了很大一跳。

「餵豬。」李烽旋身，淡淡掃她一眼，重重將冰箱門關上。

✲

起油鍋，爆香香菇與蔥段，放入切好的紅蘿蔔、金針菇和貢丸，再倒入高湯。等待湯滾的時間，李烽洗好豬肉片，取了幾尾白蝦剪刺、挑腸泥，接著拿了幾塊關廟麵在旁預備，洗了一束白菜切碎。

一邊工作一邊不時偷瞄他的藺如眞表情簡直和看到鬼差不多。

好，她看得出來他要煮麵，應該是什錦麵之類的吧？

但是，就算她平時也會下廚弄點簡單的食物，頂多就是煮煮水餃、泡麵那些簡單的東西，有打顆蛋就已經稱得上非常豪華了。李烽這等級一看就知道和她差很多啊！

他不是喜歡吃甜點嗎？怎麼連中式料理也很拿手的樣子？

藺如眞目瞪口呆地看著他以大火將湯煮沸，麵條入鍋，爲求煮麵均勻，甚至還以筷子將麵條撩撥分散；調味過後，接著下了豬肉片、白蝦，待蝦子變色，又加入了白菜與蔥，再加一匙麻油提味。

麻油好香哦！藺如眞鼻尖努了努，覺得肚子更餓了。

眸光不禁又溜到他身上去。她想，她更餓的原因有可能還因爲，掌廚的李烽將袖子挽起來，因而露出了一截光裸的肌膚，持鍋的手上微微浮現了一點肌肉線條。

還以爲他很文弱呢，可說不定他是那種穿衣顯瘦、脫衣有肉的類型？

他的外掛技能太多，實在太不公平。不過算了，他還可以再更完美一點，反正不管他再多優點，最後都因爲那張壞嘴全部壞光光了，藺如眞惡劣地想。

咕咚——藺如眞胡思亂想到一半，嚥了好大一口口水，這絕對是因爲李烽在平底鍋上打了兩個令人垂涎欲滴的太陽蛋的緣故，不是因爲她色迷心竅。

李烽盛好兩碗熱氣騰騰的什錦湯麵，將平底鍋上的太陽蛋撈進麵裡，放到餐桌上。

「我是豬，我要吃！」湯碗碰到桌面的第一秒，藺如眞馬上從座位上飛奔過去。

「妳還可以更沒志氣一點。」李烽橫她一眼，沒好氣。

「當然可以，等你端出滿漢全席的時候，就算要我咬橘子都沒問題。」藺如眞的眼裡現在只有食物，心裡也是。

咬橘子？神豬嗎？李烽太陽穴跳了跳，居然被她無厘頭的發言惹得有點好笑。

「我要開動了，謝謝招待！」藺如眞迫不及待地拿起筷子，挾起麵條至調羹裡，大口吹涼，風風火火地送進嘴裡。「呼，好燙好燙，好好吃哦！這是我這輩子吃過最好吃的什錦麵。」她吸了好大一口麵條，一臉滿足，喜孜孜的神情充分顯示出對李烽廚藝的極高評價。

但是，假如李烽會因此感到開心的話，他就不是李烽了。

他坐在藺如眞對面，盤胸瞪著她，一臉嚴寒。

她在一個見不到幾次面的男人家吃飯，孤男寡女；幫他工作沒問酬勞，甚至還全無防備地吃著他準備的食物，都不怕被下藥的嗎？

李烽舉箸的手停在半空中，反覆盯瞧她渾然不設防的滿足模樣，怒氣越演越烈，完全不明白爲何他要如此多管閒事，一股沒來由的悶氣不知該從何發起。

「你怎麼不吃？」藺如眞發現他遲遲未動，雙頰鼓鼓地發問。

「妳那碗吐了口水。」李烽語調平板地回。

噗——藺如眞嘴裡的湯汁差點噴濺他臉上。

「髒死了妳！」李烽回身拿抹布，反覆擦桌面，只差沒噴酒精消毒了。

「你才髒死了！什麼口水啊呸呸呸！」藺如眞想拿筷子戳瞎他。

「騙妳的，誰會做那種無聊的事？」她氣惱的反應總算令李烽覺得胸口那股悶堵舒坦了些，緊皺的雙眉壞心眼地伸展開。

「你騙我難道就不無聊？」瞪瞪瞪，藺如眞努力瞪穿他，但是一邊瞪他還要一邊繼續大口吃麵，忙碌得要命。

坦白說，這碗麵這麼好吃，就算眞被他吐了口水，她也認了。沒志氣的最高點大概就是如此而已。

「不無聊，很提神。」見藺如眞這麼悲憤，李烽開心了，拿下眼鏡，動手開始吃麵。

「……」慢著，他這是笑了嗎？藺如眞嘴裡的麵條差點掉出來。

那唇角微揚的弧度很好看呀！和李陽總是燦爛明亮的笑顏不同，隱隱的，眼神靈動著光，勾起的唇瓣無論是色澤或角度都很迷人……

藺如眞喉頭一噎，竟然忘記繼續動作。

「做什麼？都說了沒有吐口水。」豬忘記進食眞是世界奇觀，李烽難得善心大發地提醒她。

「才不是擔心口水呢！只是第一次見你把眼鏡拿下來。」神經病才要告訴他，他笑起來很好看咧！藺如眞哼哼。

「怎？讓妳想起李陽？」李烽事不關己地吹涼了第一口麵。

「怎麼可能啊？雖然你和李陽眞的很像，而且，除了眼鏡之外，你們兩個人臉上甚至連那些可以明顯辨別的痣啊、胎記啊都沒有。可是，你們的言行氣質實在是差太多了，鬼才會把你們認錯。」

都不知道誰曾經誤認過他們？李烽不理會她的大言不慚，專心塡飽肚子；藺如眞見他開始張口了，也跟著低頭吃麵。

吃到一半，想起了些什麼，藺如眞又霍然抬頭，一股腦發問：「欸，李烽，你爲什麼說，只要對你表現出興趣，李陽就會喜歡我？」

「不是這樣的嗎？妳去找他，他就給了妳聖多諾黑店家的資料，或許還跟妳交換了電話號碼？雖然我不知道妳究竟去找他問了我什麼，或許是想向我道謝之類的，總之，只要妳想討好我，他就會對妳感興趣，向來如此。」李烽說得順理成章。

今天，一看見她手上那個裝著聖多諾黑，有著店家Logo的提袋，他便如此猜想。

「欸？你怎麼知道？有沒有這麼神啊？」藺如眞被他分毫不差的推測嚇了一大跳，於是只好暫且將他說「她想討好他」的這個評價擱置一旁。

沒禮貌！她可是眞心誠意想向他道謝欸！才不是想討好他。雖然，兩者好像有點相似……

「笨蛋的行爲模式不用猜。」李烽繼續吃麵不理她。

「……」看在那尾蝦子很肥的分上不要跟他計較！

藺如眞深呼吸了口氣，重振旗鼓，再問：「我想知道的是『爲什麼』，爲什麼我想討好你，他就要對我感興趣？」

說來說去，兜了老半圈，李烽還是沒有回答她的疑問嘛。

她發現，李烽老謀深算，非常善於規避不想回答的問題，不過，她可沒那麼簡單被他唬弄過去，今天一定要問個水落石出才行！

「這還需要問嗎？他是個好弟弟，對我有旺盛的保護欲，對我周旁的人感興趣是應該的。」李烽輕描淡寫，說話時面無表情，完全看不出來他在想些什麼。

「保護欲？你?!」藺如眞驚叫，無法接受這個答案。

「保護被你言語刺傷的人才對吧！」比如她，沒被他氣到嘔血根本算她骨骼精奇。

李烽冷冷掃了她一眼，這並沒有阻止藺如眞一邊吃飯一邊聊天的決心，她嘴裡不停咀嚼著，腦子也迅速運轉著，興沖沖地把碗裡的蝦子挾起，又有點捨不得地放回去，很快又想起另一件事來了。

「對了，李烽，你考慮辦簽書會嗎？」既然方才提起李陽，蘭如貞當然會想起這件李陽拜託她的事。

「不想。」李烽注意到她挾起蝦子又放回碗內的小動作，瞇了瞇眸，答得斬釘截鐵，連頭也沒抬，顯然碗裡的太陽蛋比眼前的笨蛋好看多了。

「不辦很可惜耶，簽書會對於銷量和人氣都有很顯著的效果。」蘭如貞不死心地繼續追擊。

「書賣不好？」李烽總算揚眸了。

「不是，書賣得好，就算書賣得好也可以辦簽書會，就像……唔……黃阿瑪也辦簽書會。」蘭如貞想了老半天，直覺聯想到這個例子。

「牠是一隻貓，出席的只有奴才。」李烽涼涼地回。

「咦？你知道黃阿瑪是隻貓耶？而且居然還知道只有奴才出席？」該不會其實，李烽默默追蹤著黃阿瑪，而且還愛貓如命吧？

蘭如貞一愣之後抖了抖，莫名感到一陣惡寒。

她那什麼態度？知道黃阿瑪是貓難道不行嗎？李烽給了她一個「妳究竟到底要不要繼續吃東西」的無聊眼神。

好嘛，不問就不問，但是……吃飯就是要聊天啊！

吃沒幾口，蘭如貞又無法保持安靜了，只是，碗內的蝦子還是動也沒動，捨不得剝。她超級愛吃蝦子，最喜歡的食物總要留到最後。

「你喜歡《道德經》？」蘭如眞繼續進攻碗內除了蝦子之外的食物。

「不喜歡。」李烽莫名其妙，這天外一句又是從哪飛來的？

他現在腦子裡唯一的疑問是：蘭如眞究竟是因爲太喜歡白蝦，所以想留到最後吃？還是因爲太懶，不想剝蝦殼？

她已經反反覆覆挾起蝦子又放下了好幾次，他想不注意都很難。

「可是，電腦裡有個叫作『上善』的資料夾，不是老子《道德經》裡的『上善若水』嗎？」

聽見關鍵字，李烽胸口一跳，深邃長眸危險地瞇了起來。

「我沒有打開資料夾哦！只是看到名稱，好奇。」蘭如眞連忙解釋。

「蘭如眞。」李烽冷冷地喚，口吻冰得能夠將室溫足足下降好幾度。

「好啦，對不起，我錯了！我專心吃麵，不問了。」他肅殺起來眞的很恐怖。總之，不管三七二十一先道歉就對了。

「把妳口袋裡的東西拿出來。」可惜，李烽想電她的還有別樁。

「啊？啊?!啊！」被發現了！蘭如眞一愣之後，臉色乍紅。

「什麼口袋裡的東西？」裝傻到底，絕不承認！蘭如眞悄悄護住口袋的小動作充分顯示出她的心虛與此地無銀三百兩。

「不要逼我自己過去拿。」李烽涼涼地道。

「好嘛好嘛……可惡！」藺如眞心不甘情不願地將口袋裡的東西拿出來，又嘔又窘地放到餐桌上——是一支透明鋼筆，質感細膩，優雅別致，是李烽的鋼筆。

「還有另一個口袋。」

「……」討厭！到底是怎麼知道的啊？他剛剛明明很認眞在煮麵，沒有專心看這裡呀！

藺如眞不甘心地把另一邊口袋裡的簽字筆拿出來。當然，也是李烽的簽字筆。

「連筆妳都要偷拿？藺如眞，妳眞是讓我親眼見識到人類是如何拋卻道德與羞恥心的。」

這眞是太出人意表了，李烽簡直不可思議到了極點。

「什麼拋棄道德與羞恥心？」藺如眞急忙澄清。「我不是想要偷拿，我就是……就是用完之後，想放在口袋裡一會兒嘛！」她支支吾吾，發誓她說的全是實話。

「不想偷拿幹麼放口袋？桌面有那麼多位置可以放。」李烽全然不接受她的辯解。

「這是離人用過的東西嘛，就粉絲模式不小心on得很徹底啊！」藺如眞豁出去。

「粉絲模式？要不要順便讓妳到床上去躺一下？」這種亂七八糟的言論眞虧她說得出口。

「可以嗎？」藺如眞雙眼爲之一亮。

「當然不行，妳白癡啊！」李烽差點嗆到。

「眞是的……不行就不行，幹嘛故意問來玩人家？壞心腸欸！」藺如眞嘀嘀咕咕，決定不理他了，低頭猛嚼麵條，臉頰鼓鼓的模樣，簡直像把食物藏在頰囊的倉鼠。

厚顏無恥！什麼離人用過的東西，什麼粉絲模式？

就像她上次拽抱他的書一樣，就像她上回近乎表白地對他亂扯一通一樣。明明白白的喜愛與崇拜，令他困窘尷尬，越來越習慣耳廓發燙的感受。

「我要怎麼計算校對的費用給妳？」別理會她的胡言亂語，解決正事比較要緊，李烽掩飾尷尬，轉移話題。

他上網查過校對費用，琳瑯滿目，一校到三校各有不同，沒個標準，索性問她比較快。

「費用？你要付錢給我？」還以為李烽是抓她來做白工的咧！算他有良心。

「當然。請人做事就是該付錢，更何況，我們也沒交情深厚到可以友誼幫忙的程度。」李烽因方才那個粉絲模式話題感到太過困窘，刻意以言語拉開距離，重重強調。

「哦？沒有交情深厚到可以友誼幫忙的程度，但是有可以煮麵餵食對方的程度就是了？」幹麼講得這麼無情啊？藺如真皺了皺鼻子，才沒在怕他，毫不客氣地吐槽回去。

「妳——」李烽一愣，難得被她堵了一回，面色陰沉。

他這副難得說不出話的困窘模樣令藺如真悄悄樂了，決定放過他。

「不用了啦！你的稿子品質很好，做起來很快，不用付我錢。」藺如真擺了擺手，非常好心地道。

「不行。」為了劃清界線，李烽決心與她僵持到底。

「不行？」藺如眞揚眉。「幹麼？錢多啊？」

「總之就是不行。」

「好吧，既然你那麼想付我錢的話，那……幫我簽名！」藺如眞望著桌上的簽字筆，接續稍早時的簽書會話題，靈機一動。

咳咳咳！李烽這下眞的嗆到了。

「妳這種子彈射不穿的厚臉皮與意志力究竟是哪來的？」

「你又不辦簽書會，腦粉總要自己找出路。」藺如眞拿起簽字筆，興沖沖地走到他身旁，遞到他眼前。

「簽名抵校對費用，多划算，您說是不是？」難得的好機會，她一定要見縫插針，努力慫恿，嘿嘿。

「……」這還有理了？那副討好說服的模樣不去當弄臣眞是太可惜。

李烽抬眼睞她，拿她沒轍，放下筷子，細細盯瞧她。

好吧，坦白說，他眞的不討厭她，甚至，其實，隱隱約約的，還覺得她這種有話直說、毫不掩藏的性格有點可愛。

可是，偏又對於她如此明目張膽地喜愛他——正確地說，應該是喜愛離人——這件事感到非常困擾，不知該拿這種詭異的情緒如何是好，就連面對她也顯得萬分彆扭，著實不知道該怎麼拿捏。

「簽在哪？」李烽心不甘情不願地妥協，瞪著那支萬惡的簽字筆，萬分無奈地問。

「簽在哪裡都可以！」咦？他答應簽名了？藺如眞喜出望外地回。

「簽在哪裡都可以？」李烽挑眉，眼中忽爾掠過一絲光芒。

「衣服遮住的地方不行。」怎麼一副好像在打什麼鬼主意的樣子？藺如眞突地有股不好的預感，伸手抓緊前襟。

「誰會對妳有那種念頭？」李烽嫌惡地皺起眉頭。

「誰知道啊？說不定你覺得我很可愛，只是不好意思講而已。」氣死人了，瞧他那什麼輕蔑的眼神！雖然沒有很傲人，但她也算有胸有腿好不好？

「快點，不是要簽名嗎？」李烽不理會她的胡言亂語，提聲催促。「眼睛閉起來。」

「爲什麼簽名要閉眼睛？」藺如眞一臉驚恐，不妙的預感越加擴散。

「閉起來就是了。」李烽不耐催促。

「……哦。」好吧，閉眼就閉眼，誰怕誰？爲了簽名，什麼都可以忍！藺如眞壯士斷腕。

李烽站起身，接過她手上的簽字筆，彎起唇角，心情愉悅地在她臉頰上畫了一隻豬。

6

除了院子裡那些樹葉與花瓣之外，唐鈴近來多了許多新玩具——那是從唐海棠給她的糖果上剝下的包裝紙。

紅橙黃綠藍靛紫，色彩繽紛，斑斕鮮活，反射著光，是唐鈴生活裡最燦爛的顏色。她揀選了一些最美麗的，試圖送給再也不來房裡看她的母親。

糖果紙五顏六色，靜悄悄躺在母親房門口。隔日一早，再孤零零地，被唐鈴無聲無息收走，換上新的，彷彿誰也沒開門瞧過它們一眼。

沒關係，即便媽媽不喜歡，但是她依然喜歡這些豔麗色彩，日復一日重複相同的動作，怎麼送也送不倦，怎麼看也看不膩。

不過，唐海棠就沒這麼容易打發了，她很快就看膩了唐家的一切。

雖然唐家人口眾多，占地寬廣，屋舍豪華，但轉學來此的唐海棠孤身一人，鄰里間因她的私生女身分對她投以異樣眼光，而在唐家這個重男輕女的傳統大家族裡，對她這個半路認親的女兒更是視若無睹，少有疼愛。

唐海棠終日煩悶，鬱塞不已，被困在唐家這間屋宅簡直與被困在牢籠裡無異，她就快被悶壞了。「唐鈴，我們出去玩吧！」一日下午，唐海棠終於受不了了。

唐鈴睜著一雙大眼睛，骨碌碌地直盯著她。

「玩，出去玩！去庭院的外面。」唐海棠握拳。

「……不可以。」唐鈴搖頭，眼裡隱約燦動的光亮一瞬消失。「媽媽……不可以。」無辜且失望地垂下頭。

「阿姨……我是說，妳媽媽不會知道的，今天他們一早都出去了，傍晚才會回來。我們就出去玩一下下，趕在他們回家前回來就可以了。」

唐鈴頭依舊垂得低低，手上扭轉著的糖果紙卻輕易洩漏她的猶豫。

「外面有一大片油菜花田，都開花了啊！田的那頭有間大廟，我上次經過時看見有人在踩三輪車，還有很多小攤販。我身上有錢，我們可以買東西吃，可以去看油菜花，看三輪車。」

油菜花？大廟？三輪車？小攤販？

唐鈴睜大眼，從沒聽過如此新奇的話語。

「好不好嘛？妳陪我？我們就在附近玩一玩，不會有人知道的，噓。」唐海棠親親愛愛地搖了搖她的手。

唔……唐鈴看著正搖晃她的那隻手，頭抬起來，黯淡的眼睛亮了起來，眨掉，又發亮……

「好啦，拜託，不會有事的，我保證。」唐海棠手拍胸脯，信誓旦旦。

唐鈴猶豫了許久，最終笑開，整張臉都活了起來。

「玩。噓。」

當李陽在凌晨三點鐘時走進907號房，發現藺如眞在房裡時的驚訝表情只出現了幾秒鐘，接著便在看見藺如眞臉頰上那隻豬時，轉變爲暢然大笑。

「如眞，爲什麼妳臉上有隻豬？」李陽捧腹，簡直笑到快斷氣了。

她平時靈動的圓眼因熬夜顯得黯淡，頭髮有些凌亂，搭配臉頰上那隻豬，顯得無比滑稽。

「你問那隻豬啊！」吃完晚餐後便連續工作了好幾個小時的藺如眞早就累壞了，鼻頭朝李烽方向努了努，絲毫沒力氣做出更憤恨的表情。

事實上，向來早睡的她就連李陽爲何會三更半夜出現在這裡這件事都懶得弄清楚，更完全沒考慮到自己是否精神不濟，在李陽面前有沒有形象這種問題，只想趕緊結束手邊工作，趕緊上床睡覺。

李陽瞥了眼被點到名的李烽。

李烽隱隱顰眉，可就連一眼也沒朝這裡望，看來是沒有打算回答這個提問。

「來，我幫妳弄掉。」李陽貼心地拿出手帕，伸手想觸碰藺如眞的臉頰。

「不要。」藺如眞迅速往旁閃躲。

「爲什麼?」李陽拿著手帕的手舉在半空，一臉納悶。

「我……就……我也不知道爲什麼，總之我就不想嘛!」藺如眞摀著臉頰上那隻豬，死命搖頭。

縱使李烽很無賴很不講理很過分很討厭，但他仍是她喜愛的離人，她就是不想把他留在她臉上的筆跡弄掉。

這種行爲簡直像是被虐成性的M，眞糟糕，她越來越鄙視自己了。

「哈哈哈哈哈!」李陽望著藺如眞不知在與誰嘔氣的臉，很快就明白爲什麼了，比進門時笑得更加厲害。

因爲藺如眞徹頭徹尾是離人的粉絲，就像他給她與李烽相同款式的眼鏡時一樣，她明明有點氣自己想收下，可是卻又那麼期待，燦亮眼神明明白白，騙都騙不了人。

李陽覺得藺如眞很可愛，下意識出手摸了摸她頭頂，全然拿她當小動物看待。此舉卻被持續注意著這頭動靜的李烽盡收眼底。

其實，李烽剛剛還因爲聽見藺如眞賭氣著說不要把臉上那隻豬擦掉感到好笑，可是，這一秒鐘，卻又爲了李陽與她的互動感到不是滋味。

討厭他們親近，卻又說不上來爲何討厭。

從小到大都是如此，他並不討厭李陽，也不討厭與李陽要好的人，可當他們要好起來時，心裡卻會因此感到不舒坦。如此感受，他從小到大已領會過太多、太複雜，而他無能爲力，更討厭這般的自己。

「我已經說過了，不必我每回熬夜趕稿，你就要千方百計往我這裡跑。」李烽視線停留在電腦螢幕上，毫無溫度地往李陽與藺如眞這裡說，避重就輕地撇開心頭那股不愉快的感受。

「我明天沒課，而且傍晚睡了會兒，橫豎閒著沒事幹，過來晃晃挺好的。」李陽早就被李烽冰慣了，毫不介意，走到坐著的李烽身旁，單手扶向他肩頭，向他說得溫暖討好。「喝咖啡嗎？我去煮？」

「隨便你。」李烽聳肩。

「老樣子，兩倍？」這裡指的當然是咖啡的分量，李陽問得再熟悉不過。

「嗯。」李烽點頭，繼續敲打鍵盤。

饒是藺如眞再想睡，再想趕緊將工作做完，聽見如此對話，也忍不住偏首側目，細瞧李烽與李陽這對雙生兄弟。兩張一樣好看的臉，態度一冷一熱，身上穿的衣服一黑一白，看似非常矛盾，卻又無比協調。

他倆好謎……

李陽說他們感情不好，這哪裡像感情不好？

一個熬夜，另一個急著來陪；一個口吻冷冰冰，可並不推拒對方的親近，反而還依賴得萬分自然。

這簡直是……簡直是妥妥一幅BL，而且還是兄弟禁斷那種嘛！

蘭如眞望著眼前兄弟兩人親近自然的互動，腦內妄想越來越獵奇。

李陽站在廚房吧檯，按比例混合了幾種咖啡豆，放進磨豆機裡，一邊磨，一邊問李烽：「剛剛Line你時，怎麼沒跟我說如眞也在？」

「沒什麼好特別提的。」李烽淡淡地回。

蘭如眞冒出許多奇怪泡泡，沉浸在禁斷妄想中的念頭一瞬間被打回現實。

聽聽李烽這說的是什麼話？

她被抓來熬夜，想要他的簽名，結果被畫了一隻豬，然後，罪魁禍首居然還說她的存在沒什麼好提的？當她空氣就對了?!

呿呿呿！蘭如眞內心哼哼。

「如眞，妳要咖啡嗎？」李陽突然朝這兒喚來。

「啊？好，謝謝。」

「這裡只有濃縮，沒有牛奶，做不出卡布奇諾，幫妳加巧克力做摩卡？還是妳比較想要榛果醬？」

榛果醬？李烽究竟有多愛甜食？而李陽仍記得她喝卡布奇諾，眞是又溫暖又貼心。

「摩卡。」藺如眞想了一想，快樂地朝李陽微笑。想到等等就有咖啡可以喝了，精神不禁好了些。

「好。」李陽拿下了兩個杯子，準備溫杯。

「配成CP實在太浪費了……」藺如眞望著李陽喃喃。

「藺如眞，妳很閒？稿子校完了？」不知她在咕噥些什麼的李烽將她的魂魄喊回來，她已經望著李陽出神好幾分鐘了。

明明口口聲聲說著最喜歡離人，卻在離人面前眼睜睜望著別的男人出神。

「好好好，別瞪，我努力工作就是了。」藺如眞朝李烽做鬼臉。

兄弟倆眞是惡魔與天使的分別，哼。

＊

即便咖啡再如何能提神，到了凌晨五點鐘，藺如眞的精神已經渙散到天際，就快要靈魂出竅了。

幸好，她追蹤修訂一部分之後便會列印出來讓李烽修改，再做電腦稿。如今只剩下最後一部分，約莫二十頁左右，只要將這部分弄好，再從頭到尾檢查過一次，就可以把電腦稿全部塞給李烽，大功告成了。

好！加緊腳步，一定得打起精神來才行！

藺如眞從沙發上站起來，轉了轉頭、手，壓了壓膝、腿，伸了個懶腰，精神稍稍好了一些，視線便不自覺溜向李烽和李陽兩人那裡而去。

坐在工作桌前的李烽依然在工作，時而舉杯啜飲咖啡，縱然面有倦容，但背脊挺直，偶爾舒展桌下長腿，姿態優雅好看得仍然像幅畫。

而與她坐在同一張沙發上的李陽看來精神奕奕，心情似乎還不錯，一邊滑著手機，一邊戴著耳機聽音樂，手指微微敲打著拍子。

他在看什麼呢？

藺如眞一邊轉動脖子，一邊垂眸隨著李陽的視線望去，隱約能夠看見手機螢幕上的畫面似乎是新聞……運動類的版面？

也對，李陽是運動員嘛，追蹤體育新聞是應該的。

藺如眞點了點頭，定睛再瞧——「花式滑冰」幾個字映入眼簾，絲毫不令人驚訝，比較奇怪的是，好像也看見了「上善」這兩個字？

奇怪，現在是流行《道德經》嗎？怎麼在哪兒都看見「上善」？

蘭如眞默默瞥了眼電腦螢幕上那個「上善」資料夾。

「如眞，怎麼了？」察覺她的視線，李陽拿下單邊耳機，爲了不吵到李烽，刻意壓低了音量問。

「沒什麼，我起來動一動，休息一下。」蘭如眞伸展完畢，僵硬的身體與精神都好了許多，坐回李陽身旁，朝他笑了笑。

「辛苦了，快結束了嗎？」

「就快好了，一個小時內就可以弄完了。」

「太好了。」李陽應完聲，想起了些什麼，偷偷瞅向李烽那頭，確認他並沒有望向這兒之後，湊到蘭如眞耳邊，低聲再問。「對了，簽書會的事如何了？他怎麼說？」

「就……」蘭如眞也神神祕祕地往李烽那探了一眼。「就跟我們想的一樣，他不答應。」

「好吧。」雖然並不意外，但李陽的表情仍有些失望。

「謝謝如眞，總是麻煩妳這些眞抱歉，有什麼我可以幫忙的嗎？還要咖啡嗎？」

「不用了，謝謝，我要衝刺了。」蘭如眞挽袖做出奮起狀。

「好，加油！」李陽朝她微笑，又摸了摸她頭頂，低頭繼續瀏覽網路新聞，蘭如眞也繼續回到工作崗位。

時間默默向前推進，果然，與蘭如眞估計的差不多，接近早上六點時，她總算完成了所有的電子稿。

「我做完了，全部都在這裡了。」藺如眞從沙發上霍然站起，風風火火地奔到李烽身旁，一股腦將手中的紙本與隨身碟盡數塞給他。

「假如有什麼問題再告訴我，我好累，我要睡了。」說完便旋足奔向沙發。

「慢著！」李烽從背後抓住她衣領。

「妳要睡爲什麼往那裡去？門口在那邊。」下巴無情地撇向大門方向。

「距離七點還有一個小時，難道你不需要再改了嗎？」藺如眞將後頸那隻無情無義的手拍開，轉頭與李烽對視，惡狠狠的。

太不道德了！利用完別人之後便一腳踢開，馬上趕人，太可惡了！

她又不是沒長眼，還會不知道門口在哪裡嗎？

「如果還有要改的地方，我自己來就可以了。」李烽推了推鼻梁上的眼鏡，因爲很累的緣故，表情與口吻都更陰狠了。

「把妳的東西收拾好，回妳自己家去。」

「哦，好，要改你自己改，謝天謝地，但我要睡了。」藺如眞才不理他咧，又不是只有他累。她一屁股坐進沙發，脫鞋，把腳縮進沙發裡，腳尖還踢了踢李陽，要他坐過去一點，一副躺好就會馬上睡著的模樣。

拜託，都已經這麼狼狽了，現在誰還有空管李烽、李陽這對兄弟帥不帥，需不需要在他們面前維持形象這種事？

睡覺皇帝大！別說沙發了，要她直接躺在地上睡都可以。

「蘭如眞，妳家就在對門而已，要睡回妳家睡。」李烽走到她身旁，盤胸瞪著她，腦子裡正在思索究竟要不要將她從沙發上踹下去。

「你也知道我家就在對門而已，讓我睡這會怎樣？我好累，沒力氣走回去了。」蘭如眞把眼睛閉起來。

「妳可以用爬的。」李烽口吻很恨。

「懶得理你。」蘭如眞語調很懶。

「妳要睡我這兒還敢說懶得理……蘭——如——眞——」見蘭如眞全然不理他，眼睛閉得更緊了，李烽話音中有強烈殺氣。

「七點叫我。」蘭如眞找了個更舒服的姿勢躺好，還一邊嘀嘀咕咕——

「你們一個是作者可以隨時補眠，一個沒課，只有我天亮要上班……討厭，爲什麼今天是星期一呢？哈……累死了。」說完之後不到一秒鐘，呼吸就變得慢而規律。

睡著了？睡著了?!這麼快！

「豬神附身嗎？」李烽瞪著她的眼神充滿各種嫌棄。

「如眞很有趣。」李陽不禁噗哧笑出來。

「哪裡有趣了？」滿腔怒火的李烽轉而瞪向李陽。

「從頭到腳都很有趣。」李陽早就習慣自家哥哥德性，依舊嘻皮笑臉，落井下石補上一句。「而且，她很像上善。」

「上善長得沒有這麼笨。」聽見這個名字，李烽一雙冷冽長眸危險地瞇起來。

「不是長相，是個性。」李陽說得非常認眞，兩兄弟全然沒注意到沙發上的藺如眞眼皮跳了一跳，悄悄豎直了耳朵。

上善？原來不是《道德經》的上善，而是一個人名？

若不是擔心現在從沙發上起身，李烽會馬上趕她出門，藺如眞眞想摸回筆記型電腦前，偷偷打開那個「上善」資料夾看一看。

「上善也沒有這麼蠢。」李烽回應得更認眞。

「哥。」李陽總是柔軟的神情忽爾一斂，轉爲嚴肅。

「怎？」李烽挑眉，每次李陽喊他「哥」時，他都知道準沒好事。

「你當年究竟爲什麼和上善分手？」李陽再度重提這個多年來始終沒得到解答的疑問。他問過李烽許多次，李烽總是各種迴避。

分手？聽見這兩個字，藺如眞差點從沙發上摔下去。

李烽這種壞脾氣的毒舌大魔王居然交過女朋友？想必那位上善小姐一定很愛被虐吧？莫非是抱著「我不入地獄，誰入地獄」的佛心嗎？

「我沒有必要向你交代。」李烽冷冷地回。

「上善她要回來了。」李陽向他報告方才在手機上看見的體育新聞。

「與我無關。」李烽心頭一跳，話音無波無瀾，視線卻不禁游移至沙發上的藺如眞那兒去。

是，她們很像，不需李陽提醒，他早有所感。

與李陽親近的女生，繞著李陽團團轉的女生，大神經單純的女生，有時令他心跳不受控制的女生；一個他曾經放開過，一個莫名闖進他生活裡來……

李烽望著沙發上那道蜷縮成一團的身影，頓時感到煩透了。

他爲何老是對同一類型的人沒轍？

「我的工作就快完成了，你自便，豬說七點叫她。」李烽決心與藺如眞撇清關係，擺明不想理沙發上那隻人形豬。

「我要回去了。」只可惜李陽揚笑，著手整理起隨身物品，一副就要回家的態勢，也擺明不想理李烽。

「把她帶走。」李烽投向李陽的目光凌厲。

「她可不是我找來的。」李陽雲淡風輕地聳了聳肩，起身旋足，拉開大門，幾步便離開了

907號房，方才還熱熱鬧鬧的工作室瞬間恢復寂靜。

「可惡！」李烽瞪著早已看不見的李陽背影，再瞪向沙發上熟睡的藺如眞，十分煩躁地爬梳了下頭髮，懊惱地低吼了聲，走回工作桌前坐下，將自己澈底拋進文字裡。

沙發上的藺如眞悄悄睜開了眼，偷偷望了望李烽看來有些心煩意亂的身影，腦子裡的念頭如雜亂棉絮般四處紛飛——

眞想看看那個資料夾裡是什麼……

名爲「上善」的資料夾，其實是李烽的前女友……

她和滑冰有什麼關係？爲何會出現在體育新聞上？而且，李陽也認識她？

還有，資料夾小姐和她很像嗎？怎麼可能？她從來就不是大眾臉，因爲沒什麼記憶點，所以很少被說像過誰。況且，路歡總說她是個怪人……

討厭，七點要起床，不然全勤獎金就沒了……

咕嚕！肚子好像又餓了……唔……

胡思亂想了會兒，藺如眞不敵睡意，沉沉地墜入夢鄉。

再度恢復意識時，她是被李烽搖醒的！

是眞的很大力，非常用力，雙肩被猛烈搖晃的搖，藺如眞覺得她沒被李烽搖到腦震盪根本是練武奇才。

「藺——如——眞——快起床！妳這隻天殺的豬！」

事實上，假若不是還有一丁點殘存的不能打女人的理智的話，李烽是更想用力甩她幾巴掌把她搧醒的。

「我本來以為妳是豬附身，沒想到妳根本只是現出原形而已，怎麼叫都叫不醒！快起床，我沒空再陪妳浪費時間了！」

藺如眞揉了揉眼睛與一頭亂髮，足足花了好幾秒鐘，才終於想起她為何身在907號房，也才終於聽懂李烽在說什麼。

豬附身？現出原形？

「誰在跟你現出原形？你的原形才是壞心眼大魔王咧！」藺如眞氣得拿抱枕扔他。

「現在是七點二十分，假如妳九點鐘上班的話，現在起來還有時間可以洗個澡和吃早餐，準時進辦公室。」李烽看了看腕錶，大發慈悲地提醒她。

「七點二十分了?!」藺如眞從沙發上跳起來。

她的頭髮亂得像炸毛的狗，黑眼圈想藏也藏不住，一臉倦睏狼狽，簡直像是從地獄裡爬出來的女鬼。

「我不是說七點叫我嗎？怎麼已經二十分了?!我還要等公車耶！」藺如眞慘叫，趕忙從沙發上坐起來。

「妳還敢說？都不知道是哪隻豬讓我叫了二十分鐘？」李烽盤胸瞪她，回應得萬分無奈。

坦白說，他已經趕了好幾天的稿，睡眠嚴重不足，早想倒頭就睡。若不是爲了要叫蘭如眞起床，擔心一沾枕便會超過時間，他也不用強迫自己在順利將稿件發送出去之後，還去洗澡提神，又在廚房裡消磨了一會兒。

「你才是豬咧！眞不知道那個上……」上善究竟喜歡你什麼？

糟！蘭如眞猛然收口，將剩下的話語狼吞虎嚥吞回去，差點露出她裝睡偷聽李烽與李陽談話的馬腳。

謝天謝地！幸好她有及時反應過來，不然李烽絕對會殺了她棄屍荒野的！

「上……？」李烽劍眉一挑。

「上……上次問你的簽書會，你眞的不再考慮一下嗎？」蘭如眞轉得很硬。

「妳哪隻耳朵壞掉了？需要我說那麼多次？」李烽口吻比她更硬。

「好啦，不問就不問，我走了，掰掰。」蘭如眞穿好鞋，背好包包，走到907房門口，驀然又轉頭過來。

「對了，你的稿子呢？都趕上了嗎？」

「嗯。」李烽淡淡頷首。

「太好了。」蘭如眞如釋重負，暢然舒了口長氣，由衷爲李烽感到高興。

爲什麼，她總是可以露出這麼幸福的表情呢？

就好像做了一件多麼了不起的事，眼神灩灩生光，心滿意足。李烽不明所以地盯著她，胸臆間再度躁動莫名。

「對了。」打開門前，藺如眞又喜孜孜地回首補充。「你翻譯的那個故事很好看，而且，你翻得超好的，替原文加了不少分，既保有原意，又很有你自己的特色。我覺得啊，這種帶點懸疑色彩的黑色故事超級適合你的，你──」

「off。」李烽越聽，眉頭鎖得越緊，心跳得越快，忍不住伸手過去，重重點按她臉頰上的豬。她的頰邊肉好軟，眞不愧是豬。

「off什麼啦?!我臉上又沒有開關，很痛欸！」討厭！她說得這麼誠心誠意，李烽到底有沒有在聽啊？藺如眞手忙腳亂把頰畔的手揮開。

「粉絲模式。」李烽以非常平淡掩飾他的非常不自在。

「粉……好，對不起，我走了，掰掰。」可惡！不小心又on了嗎？藺如眞驀然感到很窘，簡直糗爆了。才子眞是太令人討厭了！

藺如眞悲憤地奪門而出，全然沒發現李烽在她身後笑出聲來。

而藺如眞回到家迅速洗完頭及戰鬥澡後，緊接著面臨的是更窘的問題──

她到底該拿她臉上的豬怎麼辦？

剛剛洗澡時根本沒想到這件事，胡亂就抹了洗面乳、洗了臉，如今要出門前照鏡子，才發現簽字筆留下的痕跡並未完全褪去，還有一張堪稱無比清楚的豬臉在上頭。

現在究竟是該奔進浴室，用力把那張豬臉搓洗掉？還是索性粉絲模式on到底，讓那張豬臉留到最後？

討厭死了！臭李烽！都是他害的！沒時間再思考這個問題了！

藺如眞打開角落抽屜，拿出大尺寸的防水OK繃，信手往臉上一貼，遮住那隻令人又愛又恨的豬。

雖然，好像有點像笨蛋，但是，還是再留著那隻豬一下好了。

藺如眞貼好OK繃，衝出家門，門才打開，便看見李烽背靠著牆，手裡拿著行動電話，慵懶地斜倚在對門門框，看起來像……在等她？

「欸？你怎麼還沒去睡？稿子不是都好了嗎？還是有哪裡沒弄好？」藺如眞一驚，直覺反應是稿子出了什麼問題。

「稿子沒問題。」李烽走過來，看了看她的衣著打扮，低頭不知在手機上輸入了什麼，接著視線回到她臉上，再看見她居然在臉頰上貼了OK繃，明顯一愣。

意會過來她是眞心捨不得把那隻豬擦掉之後，李烽既感好笑，又有些不自在。他推了推鼻梁上的黑框眼鏡，拿了一個不知道裝了什麼東西的紙袋給她。

「這給妳。」就算再如何不想承認，心跳頻率確實與平時不太相同。

「這什麼？」蘭如眞本能反應接過，下意識往內看了看——袋子有點重量，袋口折起，看不見內容物。

「只是順便而已。」李烽耳朵一熱，答得牛頭不對馬嘴。

「順便？順便什麼啊？」蘭如眞根本聽不懂他在說什麼。

「總之，不是特地做給妳的。」李烽鄭重強調。

「不是特地做給我的，那幹麼給我？」蘭如眞拿著那個紙袋，越聽越莫名其妙，一把無名火都快上來了。

「拿走就是了。」可李烽眉心聚攏，看來比她更想發火。

什麼東西順便，不是特地做給她，卻還要硬塞的啊？無聊！

「好啦，我知道，你會特地做給我的大概只有墓碑吧？」蘭如眞很沒好氣。

「訃聞也會親自幫妳寫。」李烽連一秒鐘也沒猶豫。

「你眞的壞嘴王欸！」慘了，她是被虐出興趣來嗎？居然覺得很好笑，可惡！

「不跟你說了，我要來不及了，掰掰。」再不去等公車就要遲到了，蘭如眞提步前行，揚手和李烽道別，衣領卻再度被李烽從後頭抓住，像拎小動物似的。

「我精神不好，沒辦法開車，妳精神應該也不太好，趁著搭車的時候睡一下。」李烽出言提醒。

「怎麼可能睡啊？早上公車超擠的，有位置站就不錯了，還睡呢！」眞是不知人間疾苦，他一定沒通過勤，藺如眞偏首瞪他，腹誹。

「6582。」李烽望向手機螢幕一眼，告訴她一串數字。

「什麼？」這莫非是要開明牌了嗎？她又不簽賭。這人從剛剛開始都在打什麼啞謎？

「已經在樓下了，APP付款。」李烽再度說起藺如眞聽不懂的話，頷首，黑框眼鏡後的深邃眼神非常認眞。

「你到底在說什麼啊？」明明每個字都是中文，可是組合在一起，她還眞是參不透。

藺如眞抬手看了看腕錶，決定不要理會李烽在說些什麼，風風火火地撇下他，衝到電梯前按鍵下樓。「我沒空和你猜謎了，掰掰。」

「誰在跟妳猜……喂！」話都還沒說完，藺如眞的背影早像道風般颼走，李烽無奈地抽動了下唇角，轉而打電話到樓下給大樓管理員。

「藺小姐？」到了一樓，剛掛上李烽電話的大樓管理員喚住匆匆忙忙的藺如眞。

「啊？」煩死了！爲什麼全世界都要來耽誤她時間，她的全勤獎金啊啊啊啊！藺如眞非常不甘願地停下腳步。

「妳的車子已經到了哦。」管理員先生叮嚀。

「什麼車子？」蘭如眞一頭霧水。

「和妳一樣住九樓的李先生幫妳叫了計程車，喏，6582，司機已經在外面了。」管理員指了指門口那臺黃色計程車。

原來李烽剛剛報的明牌是計程車編號啊？

蘭如眞抬眼一瞧，果然看見一輛計程車停在門口，上頭寫著的車隊編號就是6582。

她的全勤獎金都快不保了，誰還有閒錢搭計程車？蘭如眞腳步猶疑，心中吶喊。

「李先生說是他那頭APP付款，妳只管上車就好。這家車隊很安全，司機素質還不錯，李先生平時若不自己開車，也是搭他們家的車。」彷彿看穿她的猶豫似的，管理員領她走到計程車旁，爲她開了車門，補充。

「哦？好，謝謝。」APP付款？只管上車就好？所以是她不用付錢，李烽會買單的意思？原來李烽剛才另一句啞謎是這個意思啊。

雖然，內心好像有點過意不去，但時間緊迫，更何況車門都已經打開了，不上車更對不起自己。蘭如眞謝過警衛，有些心虛地上了車。

「蘭小姐，到臺北市智中路500號？」一上車，司機對照螢幕上的資料，與她確認。

「對，智中路500號，謝謝。」居然連目的地都打點好了？

蘭如眞受寵若驚，不可思議，定睛一瞧，司機前頭的小螢幕上除了她的姓氏、性別、上車地點與目的地之外，甚至還備注了她的衣服顏色。

衣服顏色？

計程車司機踩下油門，藺如眞盯著窗外後退的景色，腦海畫面跟著後退回放——難怪李烽方才看著她的穿著打扮，低頭在手機上輸入了些什麼……想必就是那時注記了她的衣著顏色吧？

這也太周到了？李烽的強迫症與完美主義眞不是蓋的。

藺如眞嘆爲觀止，心中暗暗感到好笑，又有些感動，好像還漸漸湧上一些她目前理不清的情緒。

那麼，這個呢？這又是什麼？藺如眞驀然想起李烽方才塞給她的提袋。

她後知後覺地將李烽給她的紙袋放到膝上，屏氣凝神，不知在緊張些什麼，小心翼翼地打開袋口——是三明治，裝在玻璃保鮮盒裡的三明治，夾了沙拉和生菜，隱約還可以看見沙拉上有著粉嫩新鮮的蝦肉，看起來非常美味。

是早餐啊。

藺如眞喉頭一噎，不只覺得肚子更餓了，唇角也忍不住上揚。

難怪李烽要特別強調，八成是因爲要做自己的早餐，所以才順便給她一份吧？

餡料使用的是鮮蝦沙拉，好高級，他似乎很擅長料理蝦子，昨日什錦麵裡的白蝦也非常好吃……咦？連續兩餐都有蝦子？

藺如眞靈光一閃。

這是湊巧？還是因爲李烽和她一道吃麵時，有看出她特別喜歡吃蝦子，所以早上也特別弄了鮮蝦沙拉？

她有把她喜歡吃蝦子這件事寫在臉上嗎？抑或是他觀察力敏銳？

絕對是他觀察力敏銳的緣故吧？

因爲，他不只把她喜歡吃蝦子這件事放在心上了，甚至還把她的交通問題也考慮了進去。

他怕她熬夜太累，精神不濟，又得搭公車上班，所以幫她叫了車，叮囑她可以趁搭車時睡一下。

雖然壞嘴，但是十分周延貼心；沒有因她幫他校對的事向她道謝，卻做得比口頭上的謝謝更多。

只可惜，她現在才搞懂，來不及向他說些什麼……

胸口怦然一跳，心臟瞬間撞擊了好大一下，一時之間，就連呼吸都感到有些困難。

好像、其實、唔……雖然明明告訴自己這應該沒什麼，只是一份順手的早餐而已；只是順便幫她叫了小黃，爲她付了一趟車資而已。

可是，卻不由自主感到好高興，唇畔笑意越揚越盛，心頭暖洋洋的，就連笑容也甜甜的。

心跳得很快，臉頰上被OK繃貼起來的那隻豬在發燙。

她好像、有點，眞的只是一點點，明白爲什麼資料夾小姐會喜歡李烽了……

只是，她不明白的是，直到她搭乘的計程車已經開遠了好長一段距離，甚至已經將她載到了目的地，佇在903號房窗旁那個俯瞰著街景，明明已經好幾晚沒能好好睡覺的男人，才終於在手機那頭點按了付款，放心地躺到床上去。

7

得不到關懷與愛，金錢倒是不虞匱乏，唐海棠的口袋裡總是有著遠遠超過同年齡女孩該有的零用錢。

油菜花、三輪車，每處漂亮的風景，每樣新奇的玩意兒，她都要親自帶著唐鈴一一去看，一一去試。

攤販上每個漂亮好吃的零食點心，唐海棠全買了。

妳一口我一口，手牽著手。

兩個十五歲的少女，青春正好。

笑顏豔燦，陽光和暖；唐鈴從沒如此快樂過。

兩人遊興高昂，樂而忘返，全沒發現不遠處有群男人，正虎視眈眈地注視著她們。

在Google上搜尋「上善」與「滑冰」這兩個關鍵字，便會得到一連串令人嘆爲觀止的豐功偉業——

周上善。

蟬聯五年的全國花式滑冰女子組冠軍；亞洲冬季奧運、四大洲國際錦標賽國家代表隊；全國、亞洲花式滑冰錦標賽技術裁判。

當然，YouTube上也能找到幾支她的比賽、練習以及採訪影片。

身為國家代表隊選手，她的冰上姿態優美流暢，自然不在話下。更驚人的是，她的皮膚白皙，五官絕倫，比例完美，就連聲音也十分甜美好聽，簡直是偶像明星的水準等級。

美得驚人的滑冰女王……原來，這世界上除了李烽之外，也是有人這樣開外掛的？

資料夾小姐和李烽根本是外掛情侶組合嘛，不只外型很登對，內容物也逆天逆得很搭配。

由於蘭如眞是個運動白癡，所以極少關注體育消息，如今仔細搜尋了一遍才知道，原來不只資料夾小姐，就連李陽在冰球領域也是那麼有名氣。

李陽與周上善兩人被稱爲滑冰界的金童玉女，整個滑冰界都是他們兩人的輝煌紀錄。

兩人都是冰上健將，李烽會認識周上善，八成是因爲李陽的緣故吧？

嚓——蘭如眞不知爲何感到胸口悶堵，驀然將手機關機，決定不滑了。

「沒電了？」坐在她對面的路歡不解地望了她一眼。

中午午休，她與蘭如眞到出版社附近的日本料理店用餐。等候餐點上桌的時間，兩人通常都是一邊滑手機一邊聊天，豈料表妹今日吃錯藥了？

放下3C，回頭是岸？

「沒有啦，只是剛看影片看太久，手機很燙，關起來讓它休息一下。」才不是呢！她只是心裡莫名悶悶的。

恰好，她與路歡的餐點也在此時上桌了，藺如眞意興闌珊地望著桌上食物。奇怪，居然就連剛上桌的鰻魚定食瞧來都沒什麼滋味。

「喂！藺如眞。」路歡舉箸，挾了一口白飯入口。

「嗯？」藺如眞懶懶地撥弄著鰻魚。

「我一直很想問妳，妳臉上的OK繃已經貼了好幾天，而且還那麼大片，到底是怎麼了？」不對著藺如眞的臉笑出聲實在很難，她已經當了幾天的好表姊，仁至義盡了。

「沒什麼啦！只是不小心撞到而已。」藺如眞摀住臉頰，回話聽來更悶了。她今天回家就要拚命把它搓掉！

「還有，妳這幾天怎麼看起來老這麼想睡？」路歡再問。

「因爲我眞的很想睡啊。」都是大魔王害的，哼哼。

「晚上都幹麼去了？」路歡不解。

「沒幹麼，只是星期日熬了一天夜，然後花好幾天都補不回來，大概是老了。」時間過得眞快，一轉眼已經星期三了。這兩天都沒在走廊上遇到李烽，眞不知他都躲去哪了。

虧她還把他裝早餐的玻璃保鮮盒洗好，想找個時間還給他。可是，貿然按電鈴，怕吵到他補眠；掛在門口，又覺得太沒誠意。

求不到巧遇，她只好把保鮮盒放在身上，每天帶進帶出。

欸？怎麼又想起李烽了？

藺如眞不知道在跟誰賭氣，懊惱地瞪了自己的手機一眼。

人家有逆天女神，她想他做什麼？無聊！她忿忿吃了一大口白飯，嚼嚼嚼，用力吞掉。

「熬夜做什麼？妳手邊的稿子有多到需要熬夜嗎？」讓早睡早起的乖乖牌熬夜，事態顯然很嚴重，路歡忖了忖藺如眞的工作量，心頭一驚。

「不是啦，都離人害的。」藺如眞新仇加舊恨，一邊扒白飯，一邊一五一十地將被李烽奴役的事說了。她越說，路歡臉上的神情越精采。

「好啊，藺如眞，口口聲聲跟我說妳和離人沒什麼，結果，妳上回跑去冰場找他，現在還演變成幫他校稿，孤男寡女共度一晚？而且，妳還沒打算主動告訴我？我不問，妳就不說了？」路歡重重擱下筷子，眞想衝到對座搖晃藺如眞肩膀。

「這有什麼好說的啊？我只是苦命被他抓去熬夜校對，好嗎？」

姑且不論那晚還有李陽在，根本不是孤男寡女，況且，李烽前女友美得跟神一樣，怎麼會把她放在眼裡？

等等，她爲什麼要介意這件事?!她才不管誰的前女友美得像神還像鬼咧！

一定是因爲睡眠不足神智不清，她才會耿耿於懷，也才會向路歡提起幫他熬夜校稿的事，蘭如眞後悔自己的一時嘴快，恨不得將舌頭咬掉。

「喜歡一個人這種事情，就是當妳『啊』一聲意識到時，已經來不及了。」路歡的口吻有幾分感慨，更有幾分看好戲。

「什麼『啊』一聲，聽妳在胡說八道！」蘭如眞瞪著眼前沒心沒肺的表姊，堅決否認，路歡這口吻根本唯恐天下不亂嘛！

「嘖！不信邪，到時妳就知道。」路歡撈回筷子，繼續用餐，吃沒幾口，靈機一動。

「欸，既然那麼喜歡人家，不如，妳來簽書會幫忙吧。」

「我沒有喜……什麼簽書會？」蘭如眞本能反駁，隨即一愣，改口又問。

「離人的簽書會呀。」

「離人的簽書會？妳作夢夢到他要辦哦？」蘭如眞好笑。

李烽那麼抗拒，怎可能答應辦什麼簽書會？

「才不是作夢，妳很沒禮貌欸妳！他就是答應了啊。」路歡拿桌上餐巾紙扔她，想到簽書會能夠帶來的效益，喜孜孜笑開懷。

「怎麼可能？」是鬼附身還是被雷打到？

「當然可能。」路歡眉開眼笑。「而且，他還神祕兮兮的呢！明明就已經答應了，卻叫我相關事宜不要傳電子郵件給他，用電話聯絡就好。妳說，他是不是眞的很奇怪？」

不要傳電子郵件，只要電話聯絡就好？這當然很奇怪啊！

李烽老是那副生人勿近的模樣，不用想也知道，他能發郵件絕對不會打電話，能打電話絕對不會見面……慢著！藺如眞陡然一驚。

電話？郵件？

李陽之前是不是說過，他當初擅自拿李烽的稿件投稿時，爲了怕李烽拒絕，所以是留他的聯絡資料，直到簽完約之後，日後的信件往返，才由李烽親自和路歡聯絡？

所以，路歡那頭拿到的一定是李陽的行動電話，和李烽的電子郵箱。

不發郵件，只打電話的話，這很明顯是李陽擅自答應要辦簽書會，爲了不讓李烽發現而採取的對策吧？

難道李陽要代替李烽去簽書嗎？

怎麼可以？這太胡來了！萬一李烽發現了，不炸開才怪！

「怎麼了？臉色突然這麼難看？」路歡注意到藺如眞的異樣。

「沒有，沒什麼。」藺如眞搖頭，臉色忽明忽暗，一頓飯吃得神思不屬，之後路歡說了什麼關於簽書會的種種計畫，她全部都沒聽進去。

不行，這太弔詭了！她一定得去找李陽問清楚才行！

✲

「李陽？李陽李陽李陽——」一下班，向李陽確認過他在哪間冰場之後，藺如眞便以最快的速度衝到冰場休息室。

冰場獨有的冷冽空氣迎面而來，涼得藺如眞打了個寒顫，可她步伐急促，渾然未覺。

「李陽，我是如眞，我在休息室門口。」藺如眞急忙拍打教練休息室的大門。

「如眞？妳這麼快就到了？」李陽才打開大門，手還拍在門板上的藺如眞便差點摔進門。李陽趕緊扶住她肩頭，穩住她踉蹌的身子。

「小心點，沒事吧？怎麼這麼急？」

休息室門並未完全打開，藺如眞眼角餘光瞥見裡頭還有別人，但她現在沒空管這些了！

「簽書會，離人的簽書會是怎麼回事？」藺如眞一路跑來，一句話說得上氣不接下氣。

「原來是這件事。」李陽臉上仍是一派和煦安定的笑。「路主編告訴妳了？」

「當然告訴我了，她興奮得很，已經打算讓行銷去寫企劃案，順便申請預算了，還說或許可以北中南的書店都跑一跑……是你，對不對？」緩過了氣，藺如眞匆匆敘述。

「是，是我。」李陽毫不諱言。

「你沒告訴李烽這件事，所以才叫表姊不要用 E-mail 聯絡？」蘭如眞大膽說出她的猜測。

「是。」李陽似乎也沒打算瞞她，大方承認，如此光明磊落的態度倒是令蘭如眞微微感到驚訝。

這是太相信她不會告訴李烽？還是即便她告訴李烽，他也不在意？

她曾經覺得李陽耀眼明朗，比李烽好相處一百倍，如今竟感覺他比李烽更難捉摸猜透。

「就算表姊那頭瞞天過海，那活動當天怎麼辦？你要想辦法說服他去，還是要代替他出席？難不成你要幫他簽書？」蘭如眞不由得發問。

「最近我會試著再說服他看看，假如他還是不願意，就只好由我來了。」李陽答得很快，像是早已想過這些枝微末節。

「怎麼可以這樣？」這種不顧一切蠻幹的決心究竟是從哪來的？蘭如眞不可置信。

「如眞不是也說了，簽書會利多於弊，應該好好把握機會？」李陽專注地與她對視，問得非常認眞，認眞到蘭如眞一時之間有種她的邏輯才有問題的錯覺。

「我是這麼說過，但不是要你這樣胡來啊！」他這副理所當然的坦蕩模樣，倒顯得她大驚小怪，小題大作了。

李陽沉吟了會兒，愼重訴說他的考量。「我瀏覽過離人的粉絲專頁，也看過一些論壇上對離人的評價，感覺現在確實如路主編所言，是個不錯的時機，可以將離人的聲勢推得更高。既然眼下李烽不願配合，那麼，由我來公關也未嘗不可。」

「即便這違反他的意願？」李陽聽來太篤定，太斬釘截鐵，也太勢在必行，爲什麼？難道連李烽的意願都不需要考慮嗎？

「是，即便這違反他的意願。」李陽頷首。

「讀者會失望的。好不容易拿到喜歡的作者的簽名，但卻是假的……」讀者的意願與感受也是重點啊，假如是她拿到離人的簽名，後來卻發現是代筆……她會很憤怒很難過的！

「我不在意讀者失不失望，我只在意李烽好不好。只要這件事對他來說是好的，那就夠了。」李陽再度頷首，話音平緩而堅定。

自始至終，他關心的唯一重點都只有李烽而已，無暇顧及閒雜人等。

「爲什麼？」藺如眞皺起眉頭，驚覺她完全弄不懂李陽的心思，這太奇怪了！

「如眞，我現在還有客人，沒辦法向妳仔細說明，我們下次再詳談，好嗎？」

李陽眼角餘光瞥了休息室內一眼，像是在顧忌著裡頭的誰，視線再度落向藺如眞焦惶的臉容上。「妳只要知道，那是我欠李烽的，我得想辦法，讓他站在一個比我更高的位置，比我更有成就才行。不論以任何方式，任何手段，只要能讓他比現在過得更好，更功成名就，更眾望所歸，我都願意嘗試。」

「你爲什麼這麼偏執？這太難理解了……」藺如眞簡直不敢相信耳朵聽見的。

爲什麼李烽得比李陽更功成名就才行？李陽已經站在專業領域的頂點了，李烽要如何追得上？文學與運動又如何相提並論？

李烽曾說李陽對他有旺盛的保護欲，如今聽來豈止是旺盛的保護欲而已？

李陽照料打點李烽的生活細節，甚至妄想干預安排他的人生，這不像手足，反而更像父母。他總是那副晴朗颯爽的模樣，陽光的表象下究竟藏著多深的心事，才能造就這樣的偏執？

「粉絲專頁呢？出版社網站呢？出版社網站總會有簽書會的訊息釋出，粉專也可能會有讀者去問——」藺如眞很想保持冷靜，卻不自禁越問越急。

她眞心感到這一切太荒謬了。

「自從李烽前陣子不打算續約時，便已經閒置粉專，交由我管理了，而出版社網站他向來不看。」當然，這點他早就考慮過了，李陽答得飛快。

「你就不怕簽書會當日東窗事發？又或是我事前告訴他？」

「假若如眞要向李烽吐實，我並不會有任何埋怨。但是，我更希望如眞能夠置身事外，當作不知情就好。」李陽說得誠懇，言談間很有希望藺如眞幫忙的意味。

「既然都已經知道了，怎麼可能當作不知情？打從我知道離人是兩個人開始，就已經無法置身事外了！」藺如眞無法阻止自己揚高音量。

她能夠明白李陽的種種考量，也能明白李陽的求好心切，但無法打從心裡認同他這麼做。

她不知道李陽與李烽這對兄弟之間究竟發生過什麼事，才會演變成如今這種難以理解的謎般狀態。但她就是覺得這樣不對勁，隱約有種大難臨頭的不祥預感。

「所以，如眞打算怎麼做呢？」李陽無比認眞地盯著她，愼重地問。

「我不知道，我現在很混亂，我……我得想一想。」她理不清思緒，腦子就像一團亂七八糟的糾結毛線團。

「李陽，你有客人的話，我就不打擾你了，我們下回再聊。」一道有點耳熟的女聲自李陽背後傳來，中斷了李陽與藺如眞的談話。

藺如眞揚睫一抬，活生生的滑冰女王周上善從李陽身後走出來，驀然出現在她視野裡，本人甚至比她這幾天看過的任何一支影片還要美。

「……上善？周上善？」藺如眞驚愕喚出她名姓，受驚嚇的程度大概就像看見凱特王妃從電視裡走出來一樣。

「咦？妳認識我？」周上善一怔，李陽也同時對藺如眞投以訝異的目光。

藺如眞的聲音卡在喉嚨裡，不知道該怎麼解釋她爲何能夠喚出周上善名字這件事，只覺得腦子裡的毛線球越糾結越大團。

「雖然，我不知道妳爲什麼認識我，也不知道妳和李陽在聊什麼，不過，聽起來很像在聊李烽吧？」

周上善見藺如眞不說話，而李陽的表情看來也像是默認，她抿了抿唇，漂亮的眼神靈動慧黠，朝著藺如眞倩然微笑。

「勸妳最好不要對李烽抱著什麼浪漫期待，他絕對比妳想像中的更無情哦。」

一句話，一秒鐘，藺如眞就決定她要開始討厭這位滑冰女王。

✵

無情？確實，大多時候，李烽都是這麼定義自己的。

「請問如眞在嗎？」

尤其，當門口那個理著平頭的不長眼男人，手裡提著行李，按錯門鈴來找藺如眞時，他立刻就想無情地將門關上了。

「咦？如眞！」

若不是男人猛然朝廊道那邊高聲叫喚，他也不會倏爾停下關門的動作，接著發現藺如眞剛走出電梯，正恍恍惚惚地朝這裡走來，異常地失魂落魄。

她爲什麼看來悶悶不樂的？平時不是都一副開開心心的蠢樣嗎？

而且，搞什麼？OK繃居然還在她臉上？雖然隱約可以看出來OK繃的圖案有換過，但這也病得太重了吧？

李烽推了推眼鏡，瞇眸，偏首慵懶地倚在門框上，冷冷瞧著廊道那頭藺如眞與平頭男人的動靜，淡然眸光下藏著許多他自己才知道的暗湧。

「如眞，我打了好幾通電話給妳，妳怎麼都沒接？」平頭男人朝藺如眞那裡走去，問話問得自然。他的膚色曬得黑黝黝的，整個人看起來十分樸拙老實。

「學長？」藺如眞魂不守舍，直至平頭男人走到她眼前，叫了她好幾聲才回神。

「對不起，我手機放包包裡，沒聽見。你提早到了？怎麼上樓的？」

學長？提早到？他們有約嗎？

藺如眞居然沒發現他也站在這裡？瞎了？

來路不明的學長比他更有存在感？李烽以手支著肘，明顯不是滋味。

「我跟管理員說要來找妳，在樓下押了身分證，換訪客證上來的。」學長笑嘻嘻地晃了晃胸前的訪客證。

「好，我等等再陪你下去，把證件換回來。」藺如眞回給平頭男人一個笑，不遠處的李烽不以爲然地蹙眉。

眞不知道是哪間學校？專收長相蠢笨的學生嗎？學長學妹笑得一樣呆。

「沒關係啦，我明天早上走的時候再自己去換就好。」平頭男子不以為意地擺了擺手。明天早上？難道他要在藺如眞家過夜嗎？李烽豎直耳朵，輕咳了聲。

「李烽？」藺如眞聞聲揚睫，慢吞吞地意識到李烽的存在，盯著他挺拔身影，足足定格了好幾秒鐘，接著露出如遭雷擊的表情。

做了虧心事的感受約莫就是這樣，她內心藏了一個關於簽書會的祕密，縱然她不是主謀，但知情不報也算幫兇。更何況，她還在一個莫名其妙的狀態下遇見了李烽前女友，感覺更詭異也更心虛了。

「李烽，呃……啊哈哈，對了，我要還你保鮮盒。」藺如眞尷尬了一陣，終於想起有個能夠掩飾心虛的保鮮盒可用，手忙腳亂地翻起包包。

她這是什麼表情？為什麼看見他時很明顯嚇了一跳，還發愣了好幾秒？這個平頭男人和她之間有什麼不可告人的祕密嗎？否則她為何瞧來如此心慌，甚至顧左右而言他？

李烽想的與藺如眞顧忌的全然是不同的方向，眉心皺摺越擰越深。

「如眞，這位是？」平頭男人發問。

「呃，只是個不重要的路人而已啦，哈哈哈。」藺如眞乾笑，由於太過心虛，一時驚嚇，口不擇言，翻出保鮮盒，一股腦塞給李烽之後，就連李烽的臉也不敢直視，立刻想拔腿閃人。

「學長，你搭客運上來的？很累齁？我幫你開門，你先進去洗澡，我去幫你買晚飯。」藺如眞說著說著，便拿出自家鑰匙來開門。

不、重、要、的、路、人？

洗澡？她還要幫那人買晚飯？搞什麼鬼?!

「藺如眞，妳這白癡，過來！」向來無波無瀾的李烽瞬間爆氣，眼底蓄積的怒火越燒越旺。

「幹麼啦？」吃炸藥了？還他保鮮盒也要被罵白癡？剛剛應該把保鮮盒砸他臉上的！枉費她還爲了他跑去找李陽興師問罪，結果碰到周上善，現在才會這麼糾結。

「學長，你先進去，我和這位沒禮貌的先生需要聊一聊。」藺如眞將自家大門打開，讓平頭男人先行進屋。

李烽看見她的動作，臉色更加難看了。

「妳喜歡的不是李陽嗎？爲什麼隨便放莫名其妙的男人進去妳家？」平頭男子的身影一消失在藺如眞家門後，李烽旋即開口。

「學長才不是莫名其妙的男人，他只是北上來求職，明天一大早要面試，住飯店不划算，所以想省錢，借住一晚，明天他面試完就走了。」藺如眞照實敘述，眞不明白李烽幹麼突然生氣。而且，一提到李陽，她又想起剛剛在冰場的對話，心情更煩悶了，雙頰鼓鼓的。

「他難道沒有男性友人家可以借住嗎？」她是有沒有這麼天眞無邪啊？

「我怎麼知道他有沒有？總之我就剛好在臺北工作，又剛好一個人住，讓他打個地鋪不要緊吧？」

「打個地鋪不要緊？那怎樣才要緊？等到上社會版了才要緊？」百分之八十的性侵案都是熟人犯下的，她難道不知道嗎？

「學長不是那種人啦。」

「妳來907。」對，這是命令句。李烽懶得跟她爭了，讓她睡在907的沙發上都比回她家安全。

蘭如眞一愣。「爲什麼？」

「來校稿。」

「又校稿？哪有那麼多外稿可以接啊？」

「我有才華。」

「……」雖然這是事實，但蘭如眞還是差點被他雷倒。

「有趕著交嗎？」

「沒有。」

「那幹麼要我去啊？奇怪欸！」

「妳那裡孤男寡女的。」

「奇怪了，我跟學長是孤男寡女，跟你難道就不是嗎？在905是孤男寡女，在907也是孤男寡女啊。」

「他有當妳是女，但我沒有。」

「不然呢？當我是什麼了你?!」

「豬。」

「你眞的超級沒禮貌的！」藺如眞氣極。

「我擔心那個男人被豬妖吃掉。」

「要吃也先吃你。」才講完，藺如眞的肚子咕嚕了好大一聲。

「眞不愧是豬，無時無刻都在肚子餓。」虧她長得可愛，怎麼肚子可以咕嚕叫得跟打雷一樣啊？李烽內心好笑，表面上還是一臉嫌棄。

「什麼無時無刻？現在本來就是晚餐時間好嗎？」藺如眞的尷尬感消失得很快，早就放棄在李烽面前維持形象這件事了。

「對了，我說要幫學長買晚餐，我——」

又學長？

李烽眉頭一皺，迅雷不及掩耳地將藺如眞手上的鑰匙拿過來，突地按下她家門鈴。

叮咚——

「咦？是如眞嗎？」平頭男人愣頭愣腦地來開門。

「自己去找東西吃。」李烽將鑰匙往平頭男人身後一扔，說完話，砰一聲將門拍回門框裡。

「你、你你——」該稱讚他聰明嗎？把鑰匙扔給學長，學長就可以自己下樓找晚飯，而她手上沒鑰匙，不能擅自進門，絕對不好意思三更半夜按門鈴要學長來開門。這樣一來，她若是校稿晚了，就一定要在907過夜了啊！

可惡！他怎麼可以反應這麼快又這麼沒禮貌?!

這也算是一種才華嗎？藺如眞嘆爲觀止。

「走吧。」很好，所有的問題都解決了，李烽拽住她手臂，回首往907走。

藺如眞措手不及地被李烽拖著往屋內走，瞠目結舌盯著他背影，覺得這發展簡直荒謬到令人哭笑不得。搶劫擄人嗎？

李烽走在她前頭，關上房門，放開她手臂，接著一路自然地行進廚房，背對著她，打開冰箱，忖了忖要料理什麼之後，毫無溫度地對著冰箱內的冷空氣拋出一句：「再怎麼說都是女孩子，天眞也要適可而止。」

藺如眞傻愣愣看著他面無表情地從冰箱內拿出幾樣食材，挽起袖子，從儲米箱裡量了兩杯米出來。她這回反應有快了一些，馬上意會過來他是要煮飯，也才眞正消化完他說的話。

其實……他是在擔心她吧？

做了那麼多沒禮貌的事，冷冰冰地碎念她，和她拌嘴，其實都是因爲很擔心她的安全吧？

說不定根本沒有稿子需要校，否則他為何將煮飯餵飽她這件事放在前頭，而不是先拿稿子給她？

明明就是好心叮嚀，還要對著冰箱才能說話……壞嘴是大魔王等級，彆扭也是。

「你……你是在擔心我嗎？」藺如貞試探性地問。

「……」李烽拿出洗米器，打開上蓋，稍事清洗，逕自忙碌不回應，碰上不想回答的問題，句點就對了。

藺如貞隱約感到他似乎是在默認。盯著他流暢的動作，越瞧越感動，再回想起今日發生的種種一切，她心裡頭悶悶的，居然還有些想哭。

他的雙胞胎弟弟隱瞞了他一件非常重要的事情，而他的前女友說他無情……

他才不無情，他雖然嘴巴壞，又很喜歡挖苦她，但他其實很細心，很體貼，很關心她……

她想保護他，想為他做些什麼，可又暫時還拿不定主意，不知該如何是好。

她隱約覺得李陽說得也有幾分道理，若簽書會對李烽而言是好的，又未嘗不可？只是情感上與道義上卻無法接受。

告訴他，顯得小人，怕有挑撥離間的嫌疑，也擔心令他們兄弟倆吵架；不告訴他，良心過意不去，更擔心夜長夢多，簽書會不順利。

而若是從路歡那頭下手，又要如何在不令路歡知悉離人是兩個人的前提下，解釋離人的出爾反爾？

蘭如眞不知究竟該怎麼做才是對的，越思考越雜亂，越冷靜越不安，感覺她好像共犯，偷偷背著他，隱瞞了一個天大的祕密……

思緒太紛亂，短時間理不清也無法負荷，蘭如眞冷不防走到李烽身後，信手抓住他衣襬。

「做什麼？」李烽偏首想看她，她卻也微微挪動身子，站得離他更近了一步，揪扯他衣物的力道也更緊了一點，令他轉不過身來瞧清她臉容。

「對不起……」蘭如眞說不清她究竟想幹麼，只是像面壁懺悔一樣，雙手緊抓他衣襬，頭越垂越低，到最後索性將額頭抵在他背上，重複喃喃道：「對不起、對不起……」

後背無預警傳來體溫與重量，令李烽背脊僵直，耳根發燙，只得生硬停下手邊所有的動作，雙頰似乎微微泛紅。

「對不起什麼？」突如其來的碰觸令他手足無措，竟連呼息也被打亂，李烽納悶回首，想看她葫蘆裡究竟在賣什麼藥。

「你不要轉過來！」由於太過心虛，無法直視他眼神，蘭如眞連忙喊住他動作，緊緊拽住他衣角，將臉龐深深埋進他寬背裡，出口的聲音聽來非常委屈。

「就這樣……就這樣聽我說就好。」

李烽動彈不得，瞪著眼前的洗米器與白米，覺得他拿身後的女人不知該如何是好，也不知該拿他眼前的米如何是好。

她究竟是怎麼了？嗓音聽來楚楚可憐，令他無法狠下心來推開她，只得讓她的體溫與重量透過不堪一擊的薄薄布料傳透過來，莫名揉擰他的情緒與感官。

「我遇見上善了。周上善。」暫且將複雜的簽書會放在一旁，只要先承認一件事，讓她的內心稍稍好過一點就好，藺如眞是這麼想的，於是，這句話自然而然就溜出來了。

李烽聞言一愣，有些訝異她知道周上善的存在，又不是非常訝異。

她認識李陽，或許李陽曾向她提及上善？

姑且不論藺如眞得知周上善的管道是什麼，上回，李陽曾說過長居國外的上善要回國，他卻遲遲沒有實在感，直到如今聽藺如眞提起，才終於有了這個名字似乎又要再度闖進他生命裡來的眞實感。

但是，怎麼會是藺如眞遇到上善？他想問，又不是很想問……

「對不起，那天其實，我有聽到你跟李陽的談話，她很漂亮，跟你很登對……」藺如眞全然不明白李烽內心的想法，話音悶悶，猶自告解。

原來，是因爲聽見李陽和他的對話……

李烽腦子空白了幾秒，回神，將手邊的白米倒進容器，壓緊洗米器的蓋子，旋開水龍頭，看著晶瑩剔透的米粒在水中滾動浮沉，彷彿有一部分的思緒也跟著陷入往事漩渦裡。

上善確實很漂亮，即便數年不見，存在他記憶中也同樣美麗——曾經令他無比柔軟，牽動他每個心跳的上善；曾經讓他以爲他是獨一無二、無可取代的存在的上善——只可惜，到最後，才驚覺他不過是李陽的替代品而已。

成爲誰的無可取代，永遠只是他不切實際的美好妄想。

李烽翻轉洗米器，將裡頭的水與雜質和往事一同瀝出，再次提醒自己——她愛上的，是與他擁有同樣臉孔的弟弟，是他世界上最親近的家人，最無法割捨的手足。

「怎麼？妳吃到李陽口水？現在是要問我爲何與她分手？還是要鼓吹我去找她復合？」李烽面無表情地問，顧左右而言他永遠是他萬無一失的迴避技。

「你……你還喜歡她嗎？」藺如眞在他後背仰起臉容，非常關切這個問題。這問句出口得太順理成章，自然得就像她已經琢磨揣想了整日，介意不已。

眼前男人身體明顯一僵，旋足回身，眸光冷凝，隱約有股風雨欲來的態勢。

小孬孬藺如眞一對上他的眼，方才問話的果敢勇氣瞬間煙消雲散，試圖想爲她莽撞且侵犯隱私的問題找個名正言順的理由——

「你知道，粉絲對偶像的感情狀態總是很好奇……」天啊，這理由也太爛了！藺如眞自己都羞窘了起來。

「粉絲？」李烽揚眉，皮笑肉不笑地牽動了下唇角。眞虧她能講出這種藉口粉飾太平。

「嗯，粉絲。」藺如眞微微後退了幾步，心虛討好地笑。爲什麼有種要被殺掉的錯覺呢？

「既然是粉絲，過來。」李烽忽爾朝她粲然一笑，勾了勾手指頭。

「幹麼？」雖然隱約感到這要她過去的請求絕對有詐，可由於他啣在唇邊的笑容實在太過美好，還是令人情不自禁湊過去，飛蛾撲火。

她一靠近，李烽便迅速敏捷地將她頰畔OK繃撕下來，狠狠的。

「痛痛痛痛痛！好痛！」藺如眞慘叫到大概方圓五百里都有聽見。

「眞的太壞心了你！」藺如眞摀住臉頰，倒地不起，HP瞬間少一半，可恨的大魔王！

「她喜歡的是李陽，跟妳一樣。」李烽蹲到哀號的藺如眞身旁，壞心眼地戳了戳她發紅的臉頰，沒有意識到這句話隱約有點酸味。

「我才沒有喜歡李陽，你今天已經強調第二遍了。」藺如眞恨恨地將他的手揮開。她因爲莫名討厭周上善，才不想理滑冰女王究竟喜歡誰這個問題，只在乎她自己的部分。

是，他知道，這是他今日第二次提起她喜歡李陽這件事了，爲什麼？難道他很介意她喜歡誰嗎？怎麼可能？

「沒有？」李烽不相信地揚眉。「妳之前曾經親口在電梯裡問過我，李陽喜歡哪一類型的女生。」

「奇怪了，我剛剛也問你還喜不喜歡周上善啊？你怎麼不說我喜歡你？」藺如眞本能吐槽，可是話一說出口，馬上就感覺似乎有哪裡不對勁。

她和李烽尷尬對望，兩人耳朵都熱熱的。

「咦？……你臉紅了。」蘭如眞睇著他一驚，口吻像發現新大陸。

「妳才臉紅。」李烽胸口一跳，回應得加倍冷淡。

「咦咦？我有嗎?!」蘭如眞摸了摸兩頰，好像眞的燙燙的，心跳也很快，連忙抬手搧了搧。

「我也說過妳適時表現出對我的興趣，李陽就會喜歡妳，結果，妳就眞跑去找李陽問了聖多諾黑。」咳，李烽不甚自在地將話題拉回。

「拜託！我去找李陽問聖多諾黑是因爲我是個知恩圖報的好人好嗎？爲了感謝你大發慈悲送我書！」蘭如眞立刻反駁。

「妳今天是從冰場過來的，妳身上有冰場的味道。」只要一靠近她，他便能聞到她身上的氣味，無法忽視。李烽伸指將眼鏡從鼻梁處往上推，漂亮的深邃長眸微瞇，俊美得像一幅眼鏡廣告看板。

「我……那是……」蘭如眞無法解釋她爲何要去冰場，決定略過這題。「總之，我沒有喜歡李陽。」

見李烽依然一臉懷疑，蘭如眞鄭重強調：「好啦，我承認，我剛開始可能對李陽有點期待與非分之想，可是你知道，人對美好的事物總是有點遐想，那並不是眞正的喜歡。」

好怪，她爲什麼要向李烽解釋這件事？而且還越解釋越認眞，越解釋越覺得必要。

「……」什麼人對美好的事物總是有點遐想？這種似是而非的理論是哪裡來的？李烽不以爲然。

「總之，」藺如眞振振有詞。「喜歡一個人的時候，不是會時常想起他嗎？想起他的時候可能還會微笑，會生氣，會心跳加速，會忌妒會吃醋，會患得患失。但是，我想起李陽的時候明明都沒有啊！」

等等，這些反應怎麼聽起來有點耳熟？

藺如眞一怔，陡然發寒，瞬間從腳底板涼到背脊。

她最近時常想起李烽，想起他的壞嘴時會生氣；想起他的早餐時會微笑；想起他種種表裡不一的貼心舉止會心跳加速；想起周上善的時候會忌妒、會吃醋、會患得患失……啊！

「喜歡一個人這種事情，就是當妳『啊』一聲意識到時，已經來不及了。」

路歡曾經說過的話陡然跳上來，驚出藺如眞一身冷汗。

她、她她她……

意識到她對李烽似乎懷抱著某種她還不太願意承認的奇怪情感，而她剛剛還拽著李烽衣角，額頭貼在他背上，現在又距離他這麼近，他身上的柔軟精氣息總是好舒服又好香……

簽書會的祕密瞬間被她拋到九霄雲外，先解決眼前的災難比較要緊！

「你、你不是要煮飯嗎？」藺如眞一瞬間從地上彈起，拉開與他的距離，後知後覺，緊張得不像話。「我可以幫你什麼嗎？」

「離開廚房。」李烽望著她不知爲何慌張起來的模樣，挑眉起身，答得飛快。

「難道沒有別種幫忙嗎？」爲什麼?!她爲什麼會喜歡嘴巴這麼壞的男人？一定有哪裡搞錯了？她不接受這件事！

「閉嘴。」這很顯然是一個名詞兼動詞。李烽勾唇緩答。

「……」氣死人了！這人壞嘴都不用想的欸！等等一定要多吃幾碗飯，吃垮他！報復他！

藺如眞在李烽的笑聲中忿忿離開廚房，舉步走到他的書架前，心慌意亂，正想挑本書來凝定心神兼打發時間，再度發現，閉嘴保持安靜這個選項對她而言，確實太難了。

「對了，我一直很想問你，你的書架，到底是按照什麼順序來排列書本的啊？」藺如眞不禁又研究起那些看來雜亂且參差不齊的書本。

「想知道？」藺如眞離開廚房後，李烽總算能安心準備晚餐，信手將方才洗好的白米放進電鍋裡。

「是啊，超想知道！」她用力點頭。

「自己想。」李烽冷冷地回，拿起馬鈴薯與紅蘿蔔，削皮切塊，心想，既然她已經餓了，能夠迅速烹調完畢，又能吃飽的料理，咖哩是不二選擇。

「偶爾運作一下生鏽的腦子才不會離人間越來越遠。」李烽一邊動作，一邊補刀。

「你才離人間很遠咧，壞嘴大魔王。」蘭如眞吹鬍子瞪眼。「告訴我啦！」

「直接告訴妳有什麼意思？猜一猜？」李烽將塊狀馬鈴薯與紅蘿蔔放進鍋裡，注水，開火，蓋上鍋蓋，唇邊有幽微笑意。

「就是猜不出來才問你，更何況，猜對了又沒獎品。」蘭如眞沒好氣。

「只要妳猜對了，就給妳一個願望。」這算動力嗎？李烽從冷凍庫裡拿出豬絞肉，放進微波爐裡解凍。

「眞的？」蘭如眞眼睛一亮。

「眞的。」等待絞肉解凍的時間，李烽又開始處理起洋蔥。

「什麼願望都可以？」蘭如眞聽來非常興奮。

「我能力範圍內的都可以。」洋蔥切小丁，與豬絞肉一同拌炒，整間屋子香氣四溢，可惜蘭如眞整副心思全擺在願望上頭。

「簽名？」腦粉永不放棄。

「可以。」李烽手執木鏟，其實很想縱聲大笑，眞是佩服她打不死的過人意志力。

「在你臉上畫隻豬?」

「想都別想。」

「叫我女王?」

「辦不到。」

「不是說能力範圍內的都可以嗎?」欺騙社會啊!

「不要就要算了。」到底腦子裡都裝了什麼?李烽面色嚴峻,內心又感到有趣。

「要要要!我要!讓我好好想一想!」非得想出個什麼整整他才行!

「等妳答出來時再想也不遲。」拌炒好洋蔥與絞肉,李烽掀蓋觀察馬鈴薯與紅蘿蔔的熟軟狀態。

雖然,暫時還不想弄懂爲什麼,不過,聽見她自白沒有喜歡李陽這件事,莫名令他心情很好。即便,她很有可能如同當年的上善的一般,兜轉了一圈,最後才發現是一場誤會……

可是,他目前還是很喜歡和她待在同一個空間裡。

沒有李陽,沒有上善,沒有外頭那個平頭男人。

只有他和她而已。

哦,對,還有蝦子。很多很多蝦子。

李烽將白蝦從冷凍庫拿下來,決定爲她多煮一道菜。

8

發現不對勁的時候，唐海棠與唐鈴已經離鎮上有一段距離了。

「不是說要帶我們去看更好玩的東西嗎？怎麼越走越偏僻？到底是要去哪裡？你不說，我們就不去了。」唐海棠問邀她同行的其中一名男孩，男孩看起來與她年紀相仿，笑容可掬，方才已經偕同幾個玩伴，與他們遊玩一路。

唐鈴緊抓著唐海棠的手，神色略帶不安；唐海棠內心也有幾分緊張，加倍回握她的手，給予她一個安撫的笑。

「就在前面了，喏，看見沒？就是那棟房子。」大男孩手比前方矮房，言笑晏晏，很容易令人卸下心防，唐海棠半信半疑地跟著他們前行。

「看起來破破爛爛的，什麼也沒有啊！算了，我們要走了。」站在矮房門口，唐海棠環視屋內一圈，平凡無奇，一點意思也沒有。

「想跑？已經來不及了！」幾分鐘前還熱情可親的男孩面容一變，跨步擋到她身前，神情中有股說不出的得意。

「跑？什麼意思？」唐海棠心驚顰眉，緊緊抓著唐鈴的手，牢牢將她護在身後。

「你們唐家賺了那麼多錢，幹了那麼多骯髒事，今天遇到妳們兩個眞是老天長眼，不陪我們好好玩玩，怎麼行？」爲首的男孩笑了起來。

「等等，唐家的帳怎麼會算到我們頭——」話都還沒説完，唐海棠與唐鈴便被往矮房內重重一推。

轉眼間，男孩一群人團團圍住她們。老舊的屋門在她們背後關上。

慢著，剛剛這裡有這麼多人嗎？屋內這些髒兮兮的男人是哪裡冒出來的？

「你們做什麼?!」唐海棠大喊，握疼唐鈴的手。

「……棠……」唐鈴驚駭地哭了起來。

「別鬧了你們！難道是要綁架嗎？」

「綁架？」男孩哧笑出聲。「憑妳們？一個唐家的小白癡，一個唐家半路認親的私生女，兩個都是賠錢貨，能指望唐家拿出多少錢啊？」

「既然知道，還不快讓我們走！」

「別急，會讓妳們走的，不過，得先讓唐家丟丟臉，大大的丟人現眼才行。」男孩不懷好意地笑了起來，一步一步朝她們逼近，周旁同伴也跟著圍上。

「跑！跑！唐鈴，快點跑！」唐海棠拉著唐鈴回身奔跑，又踢又踹，試圖衝破大門。

光靠她們是打不過這幾個大男人的，一定得趕緊逃跑才行！只要回到村子裡就沒事了！

唐海棠才正這麼想著，啪——後頸一麻，一個手刀劈來，令她踉蹌跌地。

「不聽話？想跑哪裡去？」

她與唐鈴被強硬分開，唐鈴驚懼的眼神深深烙印在她腦海裡。

「瘋了你們！快放開我妹妹！」唐海棠咒罵，朝著眼前男孩亂咬亂打。

「唐家的賤貨！吵死人了！」吃痛的男孩壓在她身上，狠狠甩了她幾巴掌，箝制她行動，摀住她的嘴，掐住她的脖子，粗暴撕毀她衣物。

後腦與四肢百骸同時傳來劇烈疼痛，唐海棠雙手與雙腳在半空中死命揮舞，已經搞不清楚究竟有幾個人壓到她身上來。

「唐棠！棠——」耳邊傳來唐鈴淒厲的求救聲，唐海棠奮力掙扎，猛然一塊磚頭砸上她額角，血花四濺。

染血的視野般般切切往旁移動，觸目驚心，那群男人正在將唐鈴的內褲，塞進嚎啕大哭的她嘴裡。

一定、一定得趕緊做些什麼才行……唐海棠眼前一黑。

一定、一定得趕緊做些什麼才行！

研究了老半天，蘭如眞還是沒有研究出來李烽的書本究竟是以什麼方式排列的，正如同她思考了好幾天，都沒有思考出究竟要如何解決簽書會這件事一樣。

不行，路歡行事一向以果決明快聞名，如今簽書會的計畫箭在弦上，她再不趕緊做些什麼就來不及了！

「表姊，那個……離人的簽書會不要辦了好不好？」這個上班日，蘭如眞隨便尋了個理由，悄悄摸進路歡辦公室裡，大膽建言。

「蘭如眞，妳很反常，我本來以爲妳會是最興奮的那個。」路歡放下手邊的公事，一臉不解地望向蘭如眞，蘭如眞此時的反應絕對不在她的預期之內。

「我就是……哎喲，妳不是說他反反覆覆，難以捉摸嗎？說不定他現在不想辦了啊。」眞是難以開口，爲什麼她會陷入這種尷尬的處境呢？蘭如眞覺得她眞的好倒楣。

「我早上明明才跟他通過電話，他說他很期待。」路歡臉上明明白白寫著「妳究竟哪根筋不對？」。

「那……不然，妳過幾天，發封 E-mail 問他看看？再問一遍，拜託！」蘭如眞雙手合十比在唇前。

「蘭如眞！」路歡受不了地瞪向表妹。「他都已經叫我不要發 E-mail 給他了，我爲什麼還要故意發給他？我是吃飽撐著沒事幹，硬要去踩作者雷嗎？」

「我……呃……假如，我是說……其實……」蘭如眞支支吾吾，繼續這項艱鉅的任務。

「妳到底想說什麼？」路歡手指敲打桌面。

「算了……沒事，我先出去了。」蘭如眞沮喪地垮下肩膀。

「欸，蘭如眞，午休了。」路歡盯著她不知爲何萬分糾結的身影，提聲交代。「與其在這裡胡思亂想，不如先去吃飽，下午好好工作。我今天忙，就不跟妳一道去吃飯了，幫我買麵包或飯糰那種可以一手拿著吃的東西回來。」

「好。」蘭如眞離開路歡辦公室，沿途心神不寧地移動到平時常來的日本料理店吃中餐。

餐點才剛上桌不久，眼角餘光便看見一道閃閃發亮的身影走進店內，耀眼得令人側目，周遭甚至還出現了竊竊私語的聲音。

活色生香的大美人，誰不愛看？蘭如眞仔細瞅了一眼，筷子差點掉到桌面。

周上善？她怎麼會來這裡？這麼巧？

蘭如眞低下了頭，拿穩筷子，猛扒了幾口飯，想當作沒看見。

「咦？」遲了一步，周上善眸光搜尋座位時，發現了蘭如眞。她手裡拿著點餐單，出其不意放在蘭如眞前方桌面。

「妳是李陽的朋友對吧？我們上次見過，我可以坐這裡嗎？」

周上善怎會來找她搭話？蘭如眞訝異抬眸。

店內座位確實所剩不多，但並沒必要跟她擠同一桌，藺如眞一愣，頓時不知該怎麼拒絕。她不喜歡這個人……

周上善望著她忽明忽暗的臉色，會心一笑。「因爲我說李烽無情，所以妳討厭我，不想跟我坐，對不對？」這女生果眞如李陽說的一樣，很單純好懂。

她這麼坦白，再度驚嚇到藺如眞，拚命扒飯的動作倏爾靜止，下巴險些掉下來，本想把對方當空氣的……

「對不起，我那天會那麼說，只是出於女性直覺，本能想整整妳和李烽而已。既然妳不歡迎我，那我去坐別桌。」

她這樣一說，骨子裡畢竟是個小孬孬的藺如眞又窘了，哪好意思眞的拒絕她？

「……妳坐吧。」藺如眞比了比眼前空位，其實對自己感到有些無能爲力，對即將入座的周上善也是。

「謝謝。」周上善嫣然笑開，仰頭問她。「這間店什麼好吃？我第一次來。」

她一笑，整間店簡直蓬華生輝，藺如眞一愣之後，乖乖回答：「豬排定食和鰻魚定食都不錯，假如妳不怕生食，刺身丼飯也不錯。」

藺如眞一臉奇詭地盯瞧周上善明媚笑顏，深感她和李烽兩人恐怕不只是同樣外掛開很大，就連陰晴不定也是同等令人難以招架。

本來很討厭她的，現在看她笑得這麼可愛，人也似乎很隨和，突然又有點不知道該不該繼續討厭下去，眞是無所適從……

「好，那就鰻魚定食好了。」周上善愉快地畫好點餐單，望著藺如眞一臉假裝認眞吃飯，實則欲言又止的模樣，雙手交疊在下巴，甜甜道。「妳臉上寫著有話想問我哦。」

「咳、咳咳咳！」藺如眞嗆到了。

「小心點，來，茶。」周上善趕忙將桌上的麥茶遞給藺如眞。

「妳……妳爲什麼說李烽無情？」既然她這麼坦白，藺如眞也跟著坦率起來，反正不問白不問，她自己送上門的。

「妳喜歡李烽，對不對？」周上善神神祕祕地笑了，沒有回答她的問題，反而大剌剌拋出直球。

「才沒有呢！」藺如眞立刻否認，很有此地無銀三百兩的嫌疑。

周上善聞言笑開，心中默默下了定論，轉移話題，很有興致地比了比藺如眞面前的豬排定食。「妳的豬排好吃嗎？」

「好吃。」

「那，我等等可以用一塊鰻魚跟妳換一塊豬排嗎？」周上善雙手合十比在下巴，眼神亮晶晶的。「不行也沒關係哦。」

「也沒什麼不行的……」蘭如眞再度被她的自來熟嚇到，這到底算是沒有心機？還是心機太重？她不知道周上善究竟是哪一種，不過，看著她似乎十分自然的模樣，好像很難眞正討厭起她來……

「謝謝！」周上善燦燦漾笑，分開筷子，啜了口熱茶，臉龐亮亮的，看來十分期待。「對了，李陽說，李烽現在一個人住在外面，妳住在他對門？」

「是啊。」蘭如眞一邊吃飯，一邊偷偷打量她，她眞的是個好奇怪又好奇妙的女生……

「他過得好嗎？」周上善問。

「呃……應該，還算可以吧？至少人模人樣的，只是嘴巴壞了點。」蘭如眞皺了皺鼻子。

「嘴巴壞應該不是只有一點而已吧？」周上善聽見她含蓄的回答，失笑。

「對！不是只有一點，是無限大點，妳好懂！」這什麼形容詞？雖然有點亂七八糟，但再貼切不過了，蘭如眞悲憤，居然因此與周上善聊得越來越投機。

「還能嘴巴壞的話，代表應該過得還不錯，太好了，李烽搬出來果然是好的，他早該離開家裡的。」

「爲什麼？」蘭如眞問話的時候，恰好周上善的餐點也上桌了。

「咦？妳不知道嗎？」周上善挾了塊還冒著熱煙的鰻魚到小碟子裡，推到蘭如眞面前。蘭如眞隨即換了塊豬排給她。

兩人交換食物交換得無比熟稔，就像一般女性好友那樣，不知情的人看見，約莫會以爲她們是一道來用餐的好朋友吧？

藺如眞將那塊鰻魚挾進嘴裡，倏爾有種感覺，覺得當初討厭周上善的時候，心情似乎還比較輕鬆，現在這樣不上不下的，反而更悶了。

萬一等等聊著聊著，開始漸漸喜歡周上善的話，說不定她的心情還會更惡劣？女孩子的心思眞複雜。

「謝謝！」周上善向藺如眞道謝後，咬了一口豬排，露出好滿足的表情，斯文秀氣地回話。「他們的媽媽有病，心理上的。」

「呃？」有病？藺如眞呑嚥的動作一頓，剛剛內心在琢磨些什麼全都忘記，險些被嗆到，連忙喝了口茶。「妳這樣說別人的媽媽不好吧？」

「我不是在開玩笑，我是認眞的。」周上善無比堅定地點頭，神情看來既嚴肅又愼重，悠悠訴說——

「妳知道，臺灣因爲對運動不太重視，每一個運動員的父母爲了培植小孩，幾乎都是散盡家財，可是，每個家庭資源有限，所以呢，爲了培養那一個運動員，或多或少會犧牲其他孩子的資源。尤其像李烽、李陽他們那樣，只有母親單方面在負責經濟來源的單親家庭。」

原來李烽、李陽他們是單親家庭啊？她從來都不知道。

仔細想想，她對他們兩人的了解好少……藺如眞應聲頷首，驀然感到胸口有些悶悶的。

「本來這也沒什麼，就像一般家庭的父母多少會偏心一樣，不是什麼了不起的大事，不過，李烽和李陽的媽媽不一樣。」

周上善一邊吃飯，一邊繼續說下去。

「怎麼不一樣？」藺如眞好奇發問。

「她時常把如果只生一個小孩就好了、要是沒有李烽就好了……之類的話掛在嘴邊。因爲在經濟上面臨了非常大的壓力，所以她時常口不擇言，怨天尤人，對李烽也是動輒打罵，就算李烽表現有多優異，她全都不看在眼裡，一直當他是個包袱。」

「怎麼可以這樣？」藺如眞睜大雙眸，不可置信。

她可以相信周上善所說的話嗎？但是，周上善騙她做什麼？

「就是啊，而且還不只這樣哦，像我們都要受訓、比賽嘛，有時需要到外縣市或是出國，必須有幾天不在家時，他們的媽媽就會把李烽關在家裡。」

「關？」這聽起來太驚悚了，藺如眞的眼睛睜得更圓了。

「嗯，是眞的關。因爲沒辦法多付李烽的食宿、機票，如果讓他去上學，又怕拋下孩子出遠門的事情東窗事發，所以只好把他反鎖在家裡，留下一些麵包牛奶之類的食物。」

「這和讓小孩自生自滅有什麼分別？」藺如眞不可思議，不由得爲李烽打抱不平。

一瞬間，竟想起離人筆下被鐵鍊拴住的唐鈴，不不不，絕對沒有那麼誇張，不要自己腦補，藺如眞將腦海中亂七八糟的念頭揮掉。

「就是這樣啊，很離譜吧？我當初知道時，也覺得很出人意表。雖然明白兄弟姊妹之間難免被比較，尤其是雙胞胎，但從沒想過會有人走火入魔到這種程度。」周上善大口將食物送進嘴裡，非常爲李烽抱屈。

「妳怎麼會知道這些事？」

「李陽告訴我的呀。」周上善頓了頓，繼續補充。「因爲，我和李陽都是從小就待在滑冰場裡，可是，我一直到李陽高中時，才知道原來他有個雙胞胎哥哥，也才第一次見到李烽。當時覺得很納悶，怎麼從來沒看過哥哥陪同練習或出賽，一時好奇就問了，李陽也就一五一十地告訴我了。」

「那李陽呢？他對這些事情難道都沒表示什麼嗎？」

「一個孩子能表示什麼？他縱然對於母親只把關愛放在他身上，處處犧牲李烽這件事感到忿忿不平，可是也不能因此辜負母親的期望，放棄當個運動員，因爲這樣只會害李烽被母親遷怒，日子越來越難過而已。」

也對，一個孩子能做什麼？藺如眞筷子舉在半空中，食欲與胃口都在漸漸下降。

「於是，就演變成妳看見的這樣，李烽封閉寡言，很難親近，而李陽既自責又內疚，所有的保護欲與重心全都拋到李烽身上去，覺得李烽的幸福與人生是他的責任。」

責任啊……

難怪她因爲簽書會的事情去找李陽興師問罪的時候，李陽會說，那是他欠李烽的。

李陽看起來很陽光很開朗，可是其實他心裡很壓抑很愧疚，把母親造成的傷害全數兜攬在自己身上，拚了命想補償哥哥。

明白了這些之後，藺如眞突然對李陽的不擇手段感到情有可原，深表同情。

藺如眞放下筷子，這下眞的一點食欲也沒了，內心有股說不出的沉重。

而李烽呢？李烽又是怎麼想的？

他之所以那麼縱容李陽，是因爲他眞心不在意，抑或是他明白李陽的自責，想令李陽感到好過一點，於是沒有拒絕？

「其實，我今天是來找妳的。」在藺如眞的一陣亂想之中，周上善驀然拋出震撼彈。

「找我？爲什麼？」太奇怪了吧？藺如眞被她的發言嚇了一跳，漫遊的心思澈底回神。

「當然是因爲簽書會的事。」周上善點頭，誠實訴說。「上次，遇見妳之後，我越想越覺得那天李陽的反應很奇怪，就找了個機會，多問了他幾句。李陽全部都告訴我了，包括妳是出版社員工這件事。」

藺如眞臉上表情非常精采，周上善又接著開口：「我本想先吃個飯，再到出版社去找妳，沒想到運氣好，還沒走進出版社，就在這裡碰見了妳。」

「那，假如我剛剛沒讓妳坐下呢？」藺如眞突然迷惑了起來。

「我吃完飯還是會去出版社當訪客，找藺小姐。」周上善笑了。

「噗哧！」藺如眞倏爾也感到有點好笑，殊途同歸嘛！該說周上善很有決心嗎？但是……

「找我做什麼？」

「我想問妳，有沒有辦法可以阻止這件事？我是指，簽書會的事。」

「阻止？」藺如眞一愣。「找我有什麼用啊？我能怎麼辦？」

假如她能做些什麼的話，她也不會這麼煩惱了。

李陽希望她不要告訴李烽，而她不知道該如何說服路歡；周上善來找她幫忙，但李烽那頭，她並不知道該如何開口，她好無力啊！

「我也不知道能怎麼做，只是很煩惱，很想找個人討論……」周上善想了想，深深躺入椅背裡，口吻悶悶的，神情看來也有幾分沮喪。

「我這幾年都在國外，沒想到一回來就聽見這件事。我試圖勸李陽，但李陽不聽我的……我左思右想，都不明白具體該怎麼做，只覺得，不能再讓李陽這樣下去了，這些年，他越走越偏，遠比我當年離開時還誇張，李烽也是。他們兩個都對彼此感到虧欠，可是明明誰也沒欠誰，實在不應該再這樣病態地糾纏下去。」

直至聽見周上善這麼說，蘭如眞才終於眞正有種，周上善確實很煩惱，確實很想找個人商量討論，卻無計可施，所以只好找到僅見過一次面，素昧平生的她身上來的理解。

更何況，她又是出版社員工，不找她要找誰？沒有比她更適合的隊友了。

再有，當初李烽就說離人不願再續約了，若非她從中攪局，誤打誤撞，說不定今日這些麻煩事都沒了。如此想來，蘭如眞頓時感到非常內疚。

「妳是爲了李烽來找我，還是爲了李陽來找我？」想清當中關節之後，蘭如眞突然很想弄懂這題的答案。

她究竟是在爲李陽著想，還是在爲李烽打算？

周上善很認眞地思考了一下。

「妳這樣問我，我也不知道。我只知道，李陽是我最好的朋友，而李烽他……希望前男友過得幸福這點肚量，我還是有的。」周上善思忖過後，如實回答。

蘭如眞盯著她，越聽越疑惑，也覺得事情的發展越來越複雜。

「哥，你當年究竟爲什麼和上善分手？」

「她喜歡的是李陽，跟妳一樣。」

這樣聽起來，周上善也不是對李烽完全無情啊！爲什麼李烽會說她喜歡的是李陽？是不是有哪裡出錯了？每個人告訴她的片段似乎都不太一樣，拼湊不出同一片事實。

如今周上善爲了簽書會一事來拜託她，可是，她又能拜託誰？

和李陽談，她已經試過了；告訴路歡，絕對是玉石俱焚……

怎麼辦？難道眞要去找李烽，開誠布公嗎？

爲什麼大家都要把發球權交到她手上？她只是個胸無大志的小孬孬啊！

「好吧，我盡量找個機會向李烽說說看。」沉默了好半晌，蘭如眞做出決定，一頓飯吃得心事重重，感覺更加憂慮了。

＊

好不容易熬到了下班，蘭如眞猶然悶悶不樂，回家的路上行屍走肉般，步伐沉重，全然不知，自她下班移動到住家的這段路程，907號房裡有多麼的忙碌。

李烽的電腦畫面閃動著螢幕保護程式，顯見已經離開了工作桌好一會兒。

他人站在廚房裡，一如往常般的黑衣黑褲，腰間繫著深色圍裙，挽起袖子的手放在砧板上，俐落地切著紅、黃椒、洋蔥與蒜末，洗淨了九層塔。

中火煎好豆腐，將紅、黃椒、蒜末倒入炒香，加入醬油、蠔油與冰糖一同燜煮。

等待燜煮的時間，他將剛養好的鑄鐵鍋拿出來，燒熱，放入奶油；待奶油融解之後，洋蔥入鍋拌炒，再置入已經燜煮好的蔬菜與豆腐，撒上九層塔，關火。

鐵板豆腐，配上稍早處理好的日式鮭魚炒飯和冒著白煙的熱騰騰蛤蠣湯，恰恰好是兩個人的分量，而冰箱裡也冰著稍早時買的法式檸檬塔。

大概再過十五分鐘，就可以聽見走廊上傳來某個笨蛋的腳步聲。那時，桌上的料理也會恰好是能夠入口的溫度。

李烽唇角揚著若有似無的弧度，脫下圍裙，洗淨鍋具，回到電腦桌前，一邊工作，一邊傾聽門外腳步聲，沉靜身影看來十分寫意。

他的喜好非常明顯，一點模糊地帶也沒有——嗜食甜點，也喜愛中式料理。

喜歡熱騰騰的飯菜，喜歡冰涼的甜食；喜歡湯，喜歡茶，也喜歡咖啡。

意外地，也喜歡和藺如真一道用餐。

她的腳步聲很好辨識，心情好時，聽起來有些一跳一跳的，兩步併作一步；心情不好時，則有著很明顯的滑動拖行的聲音，時不時還會停頓一下；更仔細一點傾聽，甚至還會聽見她的長吁短嘆。

但是，不論那天她的腳步是沉重是輕盈，她都會在吃下第一口食物時，綻放燦爛笑顏。

一種她獨有的，傻瓜似的，好像這世界上沒有人煮的食物比他的更好吃的微笑；一種像餓了一輩子終於吃到東西般的傻笑，一種像豬……

好吧，不要再損她了。事實上，是一種會令他期待與她一同用餐的微笑，否則他爲何最近勤勞煮食？

耳根微微發熱，就連脖子似乎也即將遭殃，李烽推了推眼鏡，瞟了眼腕錶，仔細聆聽廊道動靜，在蘭如眞的腳步聲走到907門口時，分秒不差地將門打開——

「嚇！」蘭如眞差點被李烽嚇到魂飛魄散！「不要突然開門，不要突然冒出來，好恐怖！李烽，你是鬼嗎？」

蘭如眞拿著肩包往李烽胸前一陣亂打，都不知道此時心跳得如此快速，究竟是因爲被他嚇到？因爲有個祕密瞞著他？又或是因爲……已經意識到喜歡他的緣故？

他長得太好，氣質疏離，隱藏在壞嘴之下的體貼卻總是有著出其不意的溫柔。

送她《離人》的時候是，爲她煮晚餐的時候是，爲她叫了計程車，塞早餐給她的時候是，擔心她與學長獨處，強迫她來校稿的時候也是，最近時不時冒出餵食她的行爲更是。

太可惡了，趁人不備，悄悄鑽進心底來，奪人心魂，令她簡直像個被虐出愛的笨蛋一樣。

越想越不甘心，蘭如眞又是一陣胡亂猛搥，李烽輕而易舉將她造次的手抓下來，指尖觸及她手指。

她手上的溫度彷彿能夠沸騰他心臟，令他心跳加快，毛毛躁躁像個荷爾蒙失調的青少年。

「不要鬧了，要吃晚餐嗎？」李烽穩下過快的呼息，淡淡提問。

「要！」就算剛剛還在腹誹他趁人不備，可是，看到陷阱依然會傻傻往下跳。

「今天吃什麼？好香！」藺如眞朝907內嗅了嗅。

「鐵板豆腐，妳上次不是說想吃嗎？」李烽淡淡地說。

其實，她上回只是不經意提起公司附近的某家自助餐鐵板豆腐很好吃，中午去時居然賣完了而已，他便記住了。

「鐵板豆腐？耶！」藺如眞歡呼完，猛然又問。「沒有青菜吧？最討厭鐵板豆腐跟青菜放一起了。」

「有紅、黃椒。」李烽皺眉。

「爲什麼你要放那種東西？」藺如眞尖叫。

「妳不能都不吃菜。」李烽眉頭擰得更深了。

她的喜好也和他一樣明顯，海鮮大於肉大於青菜，否則他爲何要煮蛤蠣湯？

「我就是不喜歡嘛，誰會喜歡吃紅、黃椒啊？紅、黃椒根本應該從世界上消失啊！」

「豬是雜食性的。」

「雜你個頭啦！」好煩，爲什麼會被他越罵越習慣，還隱隱約約有種變態的甜蜜感？眞是被虐到奴性都出來了。

藺如眞和李烽拌嘴，暫時拋下滿腹心事，興高采烈地跟在他身後，走入907，就像這陣子以來的大多數夜晚一樣。

✵

和李烽一起吃飯，是一件非常賞心悅目的事。

他的坐姿很挺，執筷的手指很修長，細嚼慢嚥的動作非常斯文優雅，就連她向來會掉一堆碎屑或把塔皮叉壞的甜點也可以吃得很美。

用完餐後，藺如眞自動自發將碗盤拿去洗，回到餐桌旁時，發現李烽已經拭淨桌面，在她的位置前布好甜點與餐具，等著她入座。

看來今日壞嘴大魔王大發慈悲，不只招待她一頓晚餐，還賞了她一塊法式檸檬塔和一壺花草茶呢！

藺如眞坐到李烽對面，拿起叉子，細細盯瞧對座的他。他今天看起來心情很好，是不是，應該把握機會，趁他心情好時，稍稍探一下口風？

「我……我中午和上善一起吃了中餐。」藺如眞咬了一口檸檬塔，故作輕鬆地開口。

「……」正在喝茶的李烽差點嗆到，瞇眸打量她。

她和上善什麼時候變成這種交情了？

他拿起紙巾拭嘴，抿唇，不發一語地盯著她，等著她主動接話。她向來如此，不需多問，便會自動自發拋出太多訊息。

「之前，我不是問過你舉辦簽書會的意願嗎？」果然，藺如眞又發球了。

李烽鎖眉。「妳已經提過這件事很多次，不只妳，就連李陽也提過好幾次，假如妳要繼續試著說服我的話，那可以不用說了。」

「我不是要說服你。」藺如眞扭絞著手指，惶惶不安地看著他。「事實上，我已經可以不用說服你了……」

「嗯？」什麼意思？李烽眉毛一挑。

「因爲……因爲……」藺如眞手心冒汗，幾乎聽見自己呑嚥口水的聲音，心臟突突直跳，快要從胸腔裡蹦出來。

「因爲？」

「因爲……李陽已經答應表姊要辦簽書會了！」藺如眞雙手握拳，壯士斷腕地提聲，終於說出這個令她不舒坦的祕密。

李烽望著她的眸光深沉銳利，不發一語，正在試圖消化她拋出的訊息。

擅自作主、求好心切，李陽的標準行爲模式。坦白說，他雖不暢快，但並不意外，瞇細的長眸內隱約有些風雨，一瞬即去。

「事實上，上善今天來找我也是因爲這件事。因爲……因爲你一直沒答應李陽舉辦簽書會，所以，李陽自作主張答應了表姊，想代替你去。上善很煩惱，覺得這件事不太好，跑來找我商量，跟我說了爲什麼李陽會這樣，看有沒有什麼辦法……」唯恐李烽不相信她的說詞，藺如眞起身繞過桌緣，走到他身旁，拿出手機，滑開出版社網頁給他看。

「你看，出版社已經公告了活動辦法，時間和地點也已經決定了，就連離人粉絲專頁也已經有讀者在討論和期待。你……總之，我們都覺得，應該讓你提前知道這件事情比較好。」

我們？這裡的「我們」，指的是她和上善嗎？她與上善何時變成「我們」了？因爲李陽？還是因爲他？

與李陽的孤行專斷相比，他更在意這件事。

李烽再度瞇細雙眼，將眸光自她的手機螢幕上拉回，神色一斂，黑眸變得幽深難解，內心充滿許多複雜且難以言說的意緒。

有種恐懼感，悄悄從腳底竄上背脊，幾乎沁出他一身冷汗。

不只是因爲藺如眞與上善吃了一頓飯的緣故，不只是因爲李陽自作主張決定舉辦簽書會的緣故，更因爲她如今所說的每字每句，在在都提醒了他，他目前所擁有的一切，皆是李陽處心積慮為他堆砌而成的結果。

不論是母親難得施捨的關懷與母愛，不論是離人現今的成就，不論是與李陽青梅竹馬般的上善，又或是如今在他眼前殷殷詢問的藺如眞，都是因爲李陽而來到他身旁的。

他一直都明白，他並不排斥與藺如眞共處的現在，似乎也並不討厭有她的未來，但是，卻不願意令她知悉他不想對人提起的過去。

事實上，就連他自己，也極度不願意回想那些從前——關於他的童年，關於他過往的戀情，關於他對李陽複雜的心結，關於那些他不想面對的種種。

而上善與她談了什麼？李陽又提供了她多少情報？

她知道了他不堪回首的童年生活嗎？知道了他與李陽之間不對等的關係，與內疚自責的補償心理嗎？知道了他當年與上善分手的理由嗎？

接著，她是不是就要開始同情他、憐憫他、施捨他、試圖改變他，並且傻乎乎地以爲那就是愛情，就如同當初的上善一樣。

他喜歡她喜歡離人，喜歡她喜歡他；喜歡她對他的親近、示好，近乎傻里傻氣的崇拜，但並沒有預期讓她知道這些，沒有預期讓她步上上善的後塵。

是不是從一開始，他就想得太過天眞？

他本來就不可能在「不讓藺如眞明白他過去」的這個前提之下，妄想能夠讓她參與他的未來，粉飾太平。

某道他以為牢不可破的城牆正在崩解，似乎就要逐漸暴露出他最不願示人的那一面，令他心驚膽顫，惶惑不安。

她一下子走得太近，近得令他心生畏懼。

拉起「請勿靠近」的封鎖線只需要一秒鐘而已。

「那又怎麼樣？」李烽起身，將尚未吃完的檸檬塔倒進廚餘桶裡，就連一點吃東西的胃口也沒有剩下。

「什麼？」藺如眞疑惑地看著他走向廚房，沒有聽懂他的意思。

「李陽想去就讓他去，妳期望我有什麼反應？」李烽將盤子放進流理槽，回身，倚著流理檯睞她，鏡片後的黑眸深邃平淡，看來一點情緒也沒有。

是他太大意，早就告誡過自己，不要有感覺，也不能有任何感覺，只要對周遭事物顯露出太多的喜愛與熱情，便會墜跌苦痛地獄。

即便他對藺如眞曾經有過太多不應該有的關心與喜愛，從這一刻，這一時，這一秒，都要通通收回。

期望他有什麼反應？

藺如眞被他問倒，一怔，停下來想了想，就事論事地道：「我沒有期望你有什麼反應，我只是認爲應該讓你知道這件事，覺得瞞著你是不對的。李陽這麼做不好，也不應該讓讀者拿到代筆的簽名。」

「妳怎麼知道李陽這麼做不好？」李烽驀然開口，聲調冷得連他自己也感陌生。

「啊？」接連幾個問句都像被打入深沉水底，藺如眞被他冰得一身嚴寒，也被他問得一頭霧水。「當然不好，他又不是你，爲什麼他可以代替你——」

「他向來能將大小事打理得比我更好，爲什麼他不能代替我？沒有人在意那是不是『我』。」從來都沒有人在乎他的感受，他就像個次品，像個贅物，無論在家庭裡，在情感裡，在事業裡，他都是個多餘的存在。

他渾身逆鱗，本就不該期望親近他人或被他人親近，他只是一道李陽背後的陰影。

「怎會沒有人在意？假若沒有人在意，我就不會煩惱那麼久，不必向你提起這些，上善今天也不會來——」

「妳說完了？」李烽打斷她，再度冷淡且尖銳地重申。「妳聽著，我不知道妳今天究竟和上善聊了些什麼，但是，不要試圖打探我的隱私，不要試圖了解我的過去，更不要試圖猜測我的想法，干涉我的未來。」

藺如眞圓圓的眼睛直勾勾盯著他，不解他爲何會突然說出這一番話，將他們之間的界線劃分得澈澈底底。

是她惹他生氣了嗎？他覺得她在挑撥離間，說李陽小話？

「我沒有想要干涉你，我只是想要讓你知道這件事……」蘭如眞越說越小聲，不由得十分委屈，神情瞧來非常受傷。

「好了，我知道這件事了，妳可以走了。」李烽不願再聽，回應得毫不留情。

「……爲什麼？你因爲這件事趕我走？」是不應該向他提起？還是她說得太遲太晚？爲什麼他態度不變，突然變得好有距離感？

她不明白他究竟在氣什麼，只覺得他說話的口吻像個毫無溫度的陌生人，不可置信。

「是，我就是爲了這件事趕妳走。」李烽走近她，鄭重申明，一字一字說得無比清晰，眼神犀利嚴寒得像能穿透她心臟。「我不清楚妳對離人究竟抱持著怎樣不切實際的幻想，總之，我不是妳想像中的那個人，離開我的房子，也離開我的生活，我不需要妳。」

「我……對不起……」這話說得太重，蘭如眞有些被嚇到，反應不來，措手不及，更難以招架。她本能反應先道歉，小小聲的，討好的，可憐兮兮的，伸手想拉他衣角。

「不要碰我！」李烽下意識閃躲她的靠近，大動作迴避。

蘭如眞想抓他的手停在半空中，重重一愣。

這句話似曾相識，非常熟悉，初識時，她與他被困在電梯裡，他也曾要她別碰他。

「李烽，對不起，沒有及早向你坦白這件事是我不好，但是，你可不可以平心靜氣聽我說，我——」藺如眞還沒放棄，再度伸手觸碰他。

「出去！」李烽提聲大吼，一把揮開她手臂。

不要用那種可憐兮兮的口吻說話！不要用那種無辜的、小鹿般的眼神看著他！那會令他感到非常愧疚與非常焦慮。

力道狠絕，藺如眞被他突來的動作一嚇，踉蹌了幾步，好不容易才穩住身子。

李烽心驚，本能想過去攙扶她的動作一頓，僵硬停止，狠心握拳，回身背對她，決心一舉將她驅逐他世界。

「出去，不要讓我說第三遍。」他雙手發麻，渾身冰冷，胸口發疼，就連呼息也漸漸開始不受控制，越發急促。

李烽動了動手指，拚命壓抑衝湧而上的強烈窒息感，方寸間風起雲湧，孟浪難息，分不清究竟誰比誰更難過。

沒事的，這裡不是密閉空間，她也不是造成他陰影的母親，不會在這時候發作的。

李烽努力調勻呼息，只要再撐一下下，再一下下，她就會離開，沒有人會看見他難受的模樣，沒有人會知道那些他不想被挖掘的過去。

心痛感來得太快太實在，兜頭兜尾澆了她一身冷水，無法招架，藺如眞喉嚨像被掐緊似的，什麼話都說不出來。

為什麼？他們之間又回到原點了嗎？這些日子以來共度的那些時光，他曾經有過的體貼都去哪裡了？他明明是個很好，很溫柔的人……

藺如眞望著李烽絲毫沒有打算挽留她或開口說些什麼的身影，胸口悶堵得難受，拿起背包，決定順遂他的心願，離開這個令她難堪的空間，落荒而逃。

「我回去了，掰掰。」藺如眞倉皇打開907的大門，須臾間，什麼東西掉到地上，發出清脆聲響，垂眸一看——是李陽當初交給她的，907的鑰匙。

「勸妳最好不要對李烽抱著什麼浪漫期待，他絕對比妳想像中的更無情哦。」

驀然間，周上善曾經說過的話跳上來，揪扯她心臟，令她一下就紅了眼眶。

藺如眞彎腰拾起，冷不防一串眼淚掉下來，熱燙她手背。

雖然從來沒有眞正派上用場，可是，她手上明明有著907的鑰匙，也曾進出過907好幾次，甚至睡過兩晚；但是，此時此刻，她卻覺得，其實她從來沒有眞正走進這間房裡過……

討厭，不要哭……

她抹掉頰畔的眼淚，驚慌失措且萬般委屈地關上907的房門，不知道被她掩在門後的那個男人，神情瞧來比她更難受。

這是第一次，她在他的餐桌上留下她沒有吃完的食物。

半塊檸檬塔，孤零零地躺在桌上，看起來比她或他更淒涼。

累積的情緒緊繃到極限，李烽握緊雙拳，嘴唇發白，呼息不受控制，方寸皆亂。

一切都搞砸了。

9

一切都搞砸了。

唐鈴與唐海棠被發現的時候，赤身露體，浴血破敗，大剌剌被拋在村子裡人來人往的地方，像活生生被展示的笑話，像赤裸裸對唐家所有的嘲諷與挑釁。

性病、懷孕、腸道破裂……難堪、羞恥、見不得人、不要臉！

村裡掀起滔天巨浪，唐父震怒，唐鈴的母親因此自戕，他們甚至沒有爲她舉行一個像樣的喪禮，避人耳目，恥於掩埋。

爲了避免再發生任何醜事，他們選擇以鐵鍊拴住唐鈴，阻絕她的行動；至於唐海棠，則爲她尋了個最仁至義盡的歸處。

「爲什麼要綁住唐鈴？她沒有做錯任何事！她很乖，她一直都很乖很聽話很懂事！是我找她出去的，要罰就罰我！」身體的傷痊癒之後，唐海棠對著母親憤怒狂哮。

「不要管唐鈴了，她媽媽都不管她了，我們幫不了她的。」唐海棠的母親口吻輕嘆，萬分無奈，可是唐海棠卻隱約認爲，也許母親正因爲阿姨死了很開心也說不定。一場巨變，令她性格偏激，懷疑人性，更懷疑自己。

「我不管，我要去看唐鈴！」正從房裡衝出去的唐海棠，被母親一把拉住。

「妳先煩惱妳自己吧，妳爸爸他……他把妳嫁給三個村子外的一對兄弟，等妳身體養好了，就得過去了。」

「一對兄弟？嫁？我才十五歲！妳怎麼可以答應?!」唐海棠雙眸圓瞠，提聲驚叫。

「就要滿十六了。雖然對方年紀大了些，但好歹也是一門收聘的親事。妳也知道，妳已經……都已經這樣了，有人還願意娶妳，已經很好了。」

「娶？不就是找個童妓嗎？還是兄弟倆，甚至整個家族共用的那種。」唐海棠震驚過後，不以爲然哧笑出聲。

她訝異什麼？村子裡有些什麼骯髒的勾當，她就算不是私生女，也見得夠多了。

「我才不要嫁，我不會去的！我要去看唐鈴，我要帶唐鈴離開這個變態的唐家！」

啪！母親氣極，重重搧了她一耳光！

「離開唐家？別說傻話了！妳拿什麼養活妳和唐鈴？」接著又緊緊摟住她，潸然淚下，深深跪在她眼前，抱住她蓄勢待發的雙腿。

「海棠，不要再惹麻煩了，不要再丟唐家的臉了！求妳，算媽求妳！不要再惹事了！就算不爲媽，也得爲妳弟弟著想。媽的後半輩子全靠妳弟弟分來的家產了，我們不能被趕出唐家，媽求妳，媽拜託妳！」

母親死命磕頭，前額碰地發出沉沉聲響，幾乎磕碰出鮮血，一下一下，像拳頭，狠狠重擊她肚腹。

唐海棠望著眼前荒謬的畫面，驀然有種感覺，覺得她若不答應母親，母親便會如同唐鈴的母親一樣，上吊在這個宅院裡，成爲一縷無人在乎的芳魂，不屑提起。

自此，才終於明白，原來，在這個重男輕女的村子裡，即便是親生女兒，也遠比不上大家族裡的女主人之位來得重要。

擺脫私生女的身分，成爲一個名正言順的女兒，終究只是一場虛幻的美夢。

關於母親偏心這件事，李烽從很小的時候就感受到了。

只是，他原以爲所有的家庭都是這樣，原以爲這樣的偏袒，會隨著他的表現越來越優異而好轉。直到他九歲的時候，才發現，原來一切都只是一場虛幻的美夢。

他的作文比賽與李陽的冰球比賽被安排在同一天，他代表學校，而李陽代表地區，兩場比賽地點都在路途遙遠的外縣市，需要負擔部分交通與住宿費用。

「我已經打算跟老師說我不能去了，老師應該會找第二名補上。」得知這消息的當天，回家時，他放下書包，早預想到會有怎樣的結果。

可以利用課餘時間參加的校內比賽就算了，需要舟車勞頓、花費金錢的校際比賽，母親不會點頭的，家裡並沒有多餘的資源能夠投資在他身上。

「只要我受傷了，教練就會找候補球員上場，只要這場比賽我不能參加，媽媽就會答應讓你去參加作文比賽了吧？哥，你真的好厲害哦！你是全校第一欸！」李陽蹭在他身旁，朝他笑得一臉天真崇拜。「我只要故意受點傷就好了。」

「你不能這樣亂來，你受傷，媽媽會很生氣。」李烽一口拒絕李陽荒謬的提議，可是，其實，他內心也有著微小的期盼。

會不會媽媽這次不罵他，反而稱讚他了？會不會媽媽這次也覺得他很棒？

他第一次拿了校內第一，第一次能夠代表學校出賽，或許，他還能打敗其他對手，成為北區或全臺灣第一？

到時，媽媽會不會覺得很驕傲很開心，就像每次李陽贏了比賽時的開心？摸摸他的頭，給他一個大大的笑容與擁抱，稱讚他是最棒的兒子？

「放心啦，哥，我自己有分寸。」李陽拍胸脯保證，李烽因著內心幽微盼望，也並未阻攔。

結果，隔日下午，李陽真的笑嘻嘻地帶了一身傷回來，膝蓋見血不說，就連腳踝都扭傷了，而這卻為李烽帶來了一頓惡狠狠的毒打。

「為什麼你沒有照顧好弟弟？你弟弟的腳很重要你知道嗎？做什麼事都不行，連看好弟弟也不會，眞不知道養你做什麼?!你給我待在房裡好好反省！這個週末都不准出來了！」

喀！房門傳來反鎖的聲音，彷彿也將他心裡的什麼也關上了。

夜裡，李陽從門縫裡塞了寫著「對不起」的紙條進來，坐在他房門外哭了很久。他坐在門板另一邊，只覺得內心空空蕩蕩，一滴眼淚也流不下來。

不討厭弟弟，也明白弟弟內疚自責，拚了命想爲他做些什麼的心思，只是，時常，他忌妒也羨慕著遺傳了父親運動長才的弟弟。

母親偏執地愛著與父親如出一轍的弟弟，弟弟是母親所有的成就與驕傲，是母親所有對亡夫的愛情與思念，而他，是明明與父親有著相同容貌，卻毫無繼承父親才能的瑕疵品，是拖累家中經濟的累贅。

命運從來沒有站在他這邊，他從一出生，就拿了一手爛牌。

像樣的兒子，一個就夠了。

已經夠了。再也不需要愛，再也不需要任何人，再也不需要任何想被稱許的成就。

換好外出服，李烽整理好儀容，走出自家大門。

今日是李陽決定去爲他簽書的日子，他要親手毀掉這一切。

夠了。

✻

簽書會辦在市中心那間指標性書店裡。

書店認眞布置了特殊陳列區，規劃了非常流暢的動線與簽書座位，一旁還有個活動小舞臺，能夠進行簡單採訪與互動小活動。

憑當日活動書本的購買發票排隊領取號碼牌，限額兩百名，一律簽新書，不署名，可簽不超過三本的舊作。

讀者們手裡拿著書，臉上顯露雀躍期待，排隊的紅色布條後面漸漸排出了一條人龍。

「人好多，號碼牌比預期中的還早發完。李陽，眞是太好了。」活動開始前半小時，路歡喜孜孜地從前臺跑到書店特別規劃給作者的小小休息區來。

「是啊，辛苦你了，路主編。」李陽坐在休憩區內，一身黑衣黑褲，臉上勾掛著黑框眼鏡，姿態從容愜意，模樣與李烽極其相似，微笑著回答路歡。

「我不辛苦，只要想到你一露臉，不知道可以多賣幾本書，我就覺得精神百倍！」路歡眉開眼笑，毫不避諱地答。

雖說書本內容才是首要，但憑李陽這超高顏値與氣場，不知道能夠吸引多少平時不看書不買書的讀者。好，就算沒有創造多少賣量，也能製造一時的人氣與話題，畢竟誰不喜歡俊美的才子？至少她就很喜歡，路歡越想越得意。

「時間應該差不多了，李陽，我去前面看看情況，你先準備一下，等等我再回頭過來喊你。」路歡樂呵呵地笑著，踩著輕快的高跟鞋到前臺去。

「好。」李陽應聲頷首，撇頭，便看見一旁被抓來幫忙的藺如眞，明明手上正忙碌著包裝要發放的贈品，眸光卻不自覺地一直飄向他這裡來，神情複雜。

「不必特地戴眼鏡來吧？又沒有人知道……奇怪了，就算不穿黑衣服，也已經很像了……」藺如眞望著李陽那與李烽如出一轍的黑框眼鏡與黑色衣褲，不自禁想起李烽，越看越難受，嘴裡喃喃，持續碎碎念。

「如眞，妳在生我的氣？妳看起來很累，還好嗎？」李陽瞅著她咕噥模樣，不由得好笑發問，言談神情依舊和暖。

「……沒什麼，只是這幾天沒睡好而已。」也不算是在生李陽的氣吧？眞要說的話，應該是在氣她自己。藺如眞忽略李陽的第一個問句。

自從上回被李烽趕出907之後，她就沒在走廊上遇見過李烽了，也不知他們兩人究竟是誰刻意在躲對方，抑或是兩人都想躲？

總之，縱然這些日子她沒與李烽碰面，可是，心裡卻忍不住偷偷想念。

想念他……又氣她的想念，還氣她熱臉貼冷屁股，多管閒事，枉做小人。

但是，理智上明明想要置身事外，情感上偏偏又放心不下，心思糾糾纏纏，吃不太下，也睡不安穩，很煩。

「如眞！李陽！」驀然間，總是明豔照人的周上善由遠而近跑來，笑容燦亮地朝李陽與藺如眞揮手。

「上善？」李陽訝異起身，唇角不自覺愉悅勾起。「不是告訴過妳，不用特地過來的嗎？」

「我沒有特地，這時段的學生恰好打電話來請假，是老天爺要我來的。」上善愉快地回話。

「對了，我有買飲料來給你們哦，啊，我好像順手放在外面寄物櫃上，我去拿。」周上善翻找了包包一陣，急匆匆旋足回身。

「上善，別忙——」李陽還沒來得及喊住上善，那道俏麗的身影便跑了。

就連上善也來了？藺如眞望著上善跑走的身影，內心不由得一驚。

她眼皮一直跳，隱約有種不好的預感，而且心裡亂糟糟的，非常不安，很希望這一切趕緊結束。

不論是即將舉行的簽書會，不論是假冒離人的李陽，抑或是她放不下的李烽、突然出現的上善，都趕緊結束吧，藺如眞暗自祈禱。

「李陽，可以準備上臺了哦。」藺如眞胡思亂想到一半，路歡朝這兒走來，電光石火之間，一道黑色身影從旁竄出，擋住路歡去路。

「李烽？」藺如眞與李陽定睛一瞧來人，兩人同時一怔。

藺如眞愕然，她從沒想過李烽會出現在簽書會這個場合。

他來做什麼？總不會是來看李陽代替他簽書的吧？還是，他改變心意，要親自上場？不對，若是這樣，他擋住路歡做什麼？

「路主編，停止這個活動吧，我才是眞正的離人。」李烽很快便宣告了來意。

「什麼？」路歡盯著李烽與李陽一前一後，一模一樣的兩張臉，後知後覺地消化完部分訊息。「你們……雙胞胎？」

「是。和你簽約的是李陽，寫稿的是我——李烽，李陽的雙胞胎哥哥。」李烽悠然平緩地道，完全沒有看身後的李陽與藺如眞。

「啥？」路歡雙目圓瞠，腦子當機，一時之間沒能反應過來。

「我們背信且違約了，請中止這個活動吧，我願意負擔所有的費用，賠償出版社所有的損失。」李烽繼續闡述他的目的。

「哥，現在不適合談這件事。」李陽趕忙奔過來，擋在李烽與路歡之間，試圖阻止李烽做出任何衝動之舉。

他曾試想過各種李烽的反應，如今這種景況顯然不在他的意料之中。向來，李烽對於他的作爲總是抱著縱然不滿，但仍會默許的狀態。

「那什麼時候才適合談這件事？假如現在不談，你什麼時候才願意眞正面對我們之間的問題？」李烽挑眉，堅定地迎視李陽，目光銳利。

他早就想過了，假若不在一個無法挽回的局面下開誠布公，李陽永遠都能找到一個完美的理由說服他或安撫他人，永遠都會嘗試各種方法，汲汲營營地想要修補他與母親之間失衡的親子關係。

從前，面對李陽排山倒海的自責與補償心理，他總是抱持著睁隻眼閉隻眼的態度，只是因爲他知道，這樣能夠令李陽稍微感到好過一些。

可是，他們之中的任何人都不該再對對方抱持愧疚了，這對李陽也並不公平，他不想再成爲李陽的負擔。

「至少等簽完書，等活動結束，我們可以和路主編坐下來好好談。」李陽努力勸說。

「你告訴媽了，對不對？」李烽瞇細黑眸。

李陽聞言，緊抿唇瓣，神情一凜，細緻的神情變化非常快且迅速，卻沒有逃過對他瞭如指掌的李烽眼底。

「你告訴媽，出版社爲我辦了活動，或許還告訴了她地點與時間，希望她能來看一看，即便是相關報導也好。你打扮成我，希望媽若是來了，或是看見平面消息，都能知道我現在過得很好，跟你一樣，是個能夠站在舞臺上的人，是不是？」

他太了解李陽，不需多問，便能猜知他的想法與行為模式。

「你想自欺欺人到何時？你永遠不會變成我，就像我永遠不可能變成你。別想再代替我做任何事了，媽不會因此認同我的。再說，我早就不是個孩子，已經不需要任何人的認同了。」

「哥，你聽我說——」李陽猶想解釋與說服李烽，一旁的路歡暗自琢磨了會兒。

「如眞，這到底是怎麼回事？」憶及之前蘭如眞的種種怪異舉止，路歡偏眸問向蘭如眞，合理推論。「妳早就知道了，對不對？」

「這……我……」蘭如眞被這一連串發展噎住，根本不知該從何講起。

「路主編，時間到了哦。」書店工作人員小跑步過來提醒。

排隊的人潮不耐等候，已經開始竊竊私語及騷動——

「好帥。那是作者嗎？是作者吧？」

「兩個……？哪個才是離人？」

「怎麼了？他們在吵架嗎？怎麼活動還沒開始？」

路歡抬眸衡量周遭狀況，當機立斷，迅速站到李烽與李陽之間，中止他們那些她還沒來得及弄懂的談話，決心先以大局為重。

「我不管你們誰才是眞正的離人，總之，現在其中一個上臺去簽書，立刻！」

「好。」

「不簽。」

哪句是誰說的，再清楚不過，但路歡已經不想再和他們周旋了。

「聽著，我要怎麼跟你們算帳都是之後的事，先解決眼前的問題比較要緊。場地老早就安排好了，現在主持人和工作人員在等，讀者也在等，我不開天窗，你們也別想！」路歡斬釘截鐵地發話。

「妳可以現在去宣布取消活動，抑或是由我來宣布離人背信，找人代筆。」李烽和路歡同等強硬，假若沒有破釜沉舟的決心，他不會站在這裡，他早已不願再與任何人事物妥協。

「你在威脅我？」路歡氣極。

「我提供選擇給妳。」李烽的神情與話音都很平淡，眸心卻有駭人風雨，驚滔駭浪。

「哥，不要這樣，你先冷靜一下。」李陽仍在嘗試力挽狂瀾，藺如眞腦子空白，早已當機僵硬在一旁，全然不知該如何是好。

「我說了不簽！」李烽揚高音量，陡然間卻踉蹌了一下，胸口起伏躁動，就連呼息都變得短而淺促，脖子彷彿被掐住，肺部的空氣似乎都被迅速擠壓出去。

沒事的，李烽清楚知道，他並沒有立即窒息的危險。

那只是過度換氣症候群，只是心理因素大於身體因素的病症而已，根本沒有什麼，他向來控制得很好。

他很清楚即將發生的狀況，只要穩定情緒就好了，只要調整呼吸就好了，他甚至非常習慣用紙袋或塑膠袋調節吸入的二氧化碳濃度，非常習慣手指與嘴唇漸漸麻木的感受，非常習慣說服自己對抗焦慮恐懼。只可惜，以上這些，他現在通通都不想做。

他的手指漸漸失去知覺，似乎已經開始抽筋，但他並不在乎；他不在乎有休克的可能、器官衰竭的危險，不在乎在場的每個人如何看待他。他只想徹底擺脫這一切。

不簽書，不寫作，不想再當誰的陰影，不想再做誰的替身，不想再爭取任何爭取不到的東西，不想再拖累誰的人生。

沒有人能代替他，沒有！

李烽的肢體越來越僵硬，臉色也漸漸不對勁，額際沁汗，唇色泛白。李陽盯瞧他壓抑模樣，心中開始發慌。

「好，哥，你要怎樣都可以，你先冷靜一下，深呼吸，放慢呼吸的頻率，慢慢來。」他循循善誘的口吻與指令只是徒增李烽折磨而已。

「不要再告訴我該怎麼做了！不要再試圖控制我的人生！放了你自己，也放了我，把我的人生還給我，你也好好去過你的人生！」李烽吼出肺內所有的空氣，澈澈底底宣洩他累積多年的不甘、憤恨與不滿。

再怎麼深呼吸，再怎麼放慢呼吸的頻率，都得不到他真正需要的空氣。

「生而爲人，我很抱歉。」

太宰治據說是抄襲而來的名言，被放逐驅趕的離人，字字都是他根生的念頭，句句都是他最眞實的意象。

他是抄襲父親的瑕疵品，是被母親放逐的離人，他很抱歉，非常抱歉。

假如不曾存在就好了，不只一次如此想著，每個夜深人靜，總是如此想著；假若可以，但願從未被生下，但願從未來這一遭，每個經歷、每個念頭，都像一場避不去、躲不過的劫難。

李陽不能代他受苦，正如同他不能替李陽榮耀……

痛苦……

李烽的身體忽爾往旁傾倒，竟像要暈厥過去。

「李烽？李烽！」藺如眞第一時間衝到李烽身旁，驚慌失措，急急問向李陽。「救護車！需要打電話叫救護車嗎？我打電話叫救護車。」

「醫院很近，不用等救護車來，我載他去！我是家屬，我明白他所有的病史，更可以辦所有的手續。」李陽慌張急迫地拉過李烽的手繞過肩頭，穩住他癱軟的身體。

「慢著，你們兩個都走了，誰來——」路歡比李陽更急。

「我也去！」藺如眞打斷路歡，心焦如焚。

「李陽，車鑰匙給我。」不知何時出現的周上善機靈地湊過來，凌空接過李陽拋來的車鑰匙，回首奔往停車場。

「表姊，對不起。」藺如眞和李陽將李烽攙進上善開來的轎車內，急匆匆關上車門，轎車立時揚長而去。

「路主編，這到底是怎麼回事？」書店的工作人員神情驚詫，慌忙發問。「讀者們已經等很久了，現在作者好像送醫了，簽書會還辦嗎？」

「不辦了！」路歡咬牙。

✵

靜脈輸液、常規檢查，由於李烽有過度換氣的病史，在排除生理疾病的可能性之後，醫院給予他適量鎮靜劑，令本就意識渙散的他昏沉睡下。

「李烽他……他時常這樣嗎？」急診室病床旁，藺如眞十指交握，扭絞成結，擔憂地問一旁的李陽與周上善。

幸好，謝天謝地，向來人滿爲患的急診室裡還有床位。

「很久沒有發作了。」李陽眉心深鎖。

「意思是以前時常發作？爲什麼會這樣？」藺如眞再問。

「看過幾次醫生，都說是心理因素占大部分，保持情緒穩定最重要。我想，大概是因爲以前時常被母親反鎖在房間裡的緣故。」李陽平穩地回答，與周上善先前的說法不謀而合，藺如眞揚眸與周上善對望了一眼。

「這樣啊……」畢竟是別人的媽媽，怎麼都是長輩，不好說些什麼，藺如眞噤聲。

「其實，李烽自己也知道，他這些年來都控制得很不錯，沒有出過什麼狀況，今天……今天大概是太生我的氣，所以才會這樣。」李陽話音略有停頓，抿唇，深睞李烽沉穩睡顏，自責之情溢於言表。

「如眞，可以麻煩妳一件事嗎？」李陽忽爾轉過頭來。

「什麼事？」藺如眞迎視他。

「護理師說，他醒來後若無大礙，應該不需留院。我怕他醒來後看見我，情緒又激動……我想，你們住在對門，接下來的事可以麻煩妳嗎？」

「可以呀。」藺如眞點頭，想了想，又多補充了一句。「我會跟護理師確認好他的狀況，親眼看著他進家門再離開，若有什麼問題，也會打電話通知你的，你別擔心。」

「好，那麼就麻煩如眞了。」李陽頷首。「我先回去找路主編謝罪，簽書會搞成這樣，都是我的錯，我會好好向她解釋的，看後續要怎麼處理。」

「好。」提起路歡，蘭如眞有些心虛地望了眼口袋裡的行動電話。剛剛電話有響，可她不敢接，一方面是因爲太擔心李烽，另一方面也因爲太害怕是路歡打來的。她是小孬孬，不知該如何向路歡解釋今天這場混亂。

她根本不敢想像書店那頭會亂成何等模樣，路歡會有多麼生氣，讀者們又會有多麼不滿。她覺得願意正面處理這件事的李陽很勇敢，非常勇敢，但另一方面又忍不住消極地想，假若他不是這麼獨斷，是不是今天這些事情都不會發生？

「如眞，那我跟李陽一道走，辛苦妳了，這給妳。」上善將一袋飲料與食物遞給蘭如眞，飲料是她帶來的，食物是方才李烽做檢查時，她偷空在地下街買的。

「要記得吃東西哦。」離去前，上善叮嚀。

「好。」蘭如眞點頭，向上善揮手道別，可她哪裡有吃東西的心情？

上善跟在李陽身旁走了，世界一下子安靜下來，蘭如眞腦子卻嗡嗡嗡的，回想起方才發生的事件、李烽說的話、李烽的表情，再串聯起上善向她提過的蛛絲馬跡，覺得萬分心疼，非常疲憊。

李烽是故意的吧？故意挑簽書會快開始的時刻來，故意挑在公開場合，故意挑在路歡與李陽同時在場的時刻揭穿這一切，沒有給李陽來得及反應與掩飾的機會，也沒有給他自己能夠好好向路歡解釋來龍去脈的餘地。

他什麼都不想要了？應該是什麼都不想要了吧。

不論是離人這個筆名，不論是他累積起來的作品與讀者，不論是他處處讓著、依賴著，被他維護著、也維護著他的弟弟，不論是有沒有可能出現到場的母親，他全都不想要了。

或許，他不想要的也包含他自己？

所以，他才會情緒失控，放任自己不控制已經陪伴他多年且習以爲常的宿疾？

藺如眞在李烽床旁的椅子坐下，托腮嘆了口氣，不自禁伸手想觸碰他臉頰，手卻遲疑地停在半空——

「不要碰我！」

「我不需要妳！」

他說過的話驀然跳上來，在她腦海裡不停回放，藺如眞一頓，傻傻地將手偏過方向，轉而把李烽的眼鏡放在他枕頭旁，小心翼翼地調整好位置。

明明被他趕走過，可是，卻還是覺得很喜歡他，或許，甚至，還更清晰感知她的「喜歡」，想放也放不下。

如今看著他躺在病床上闔著眼的蒼白臉容，一點都無法生他的氣，只覺得好擔心、好擔心，很希望他安然無恙，身心靈皆是。

很希望能給他什麼，偏偏又什麼也給不起……

藺如眞靠在李烽床沿，一陣胡思亂想，不知過了多久，似乎朦朦朧朧地睡了會兒。直到李烽悠悠醒轉，病床上的動靜令她猛然睜眼，眸光與李烽對上，兩人皆是一愣，空氣中瀰漫著股怪異的不自然。

撇除稍早時在書店的短暫碰面，自他們上回的不愉快過後，這是他們兩人第一次眼神交會，沒有人知道該率先說些什麼，尷尬沉默。

對於短暫失去意識之後，再次睜眼，發現自己仍然存在這個討人厭的世界這個事實，李烽感到非常挫敗及疲勞。

而對於陪在他病床旁的人是藺如眞這件事，更是五味雜陳，說不清他的感受究竟是什麼。似乎有點慶幸身旁不是李陽，或是任何他更無法面對的別人，又似乎不是那麼慶幸；似乎對於上回驅趕過藺如眞的事情有點彆扭，又似乎不是那麼彆扭；最不想讓藺如眞看見他狼狽的模樣，可如今她卻已經看盡，他似乎有些困窘，又似乎有種自暴自棄的豁然。

「你……你已經沒事了嗎？好多了嗎？有沒有不舒服？」藺如眞戰戰兢兢地盯瞧他蒼白卻轉了好幾轉的神色，小心翼翼地發問。

李烽揚睫睞她，搖首，隻字未語，僅是拿過枕頭旁的眼鏡，坐起身來，從容戴上，眼色一斂，面容沉穩，無波無瀾。

藺如眞隱約覺得他眸底似乎有些情緒，但她看不懂也弄不清。不過，對於他戴起眼鏡，目光在她身後搜尋的動作，她還是解讀得出來的。

「簽書會……應該是沒能辦了，你不用擔心。至於李陽……他回去找表姊了，我想出版社那邊的情況，表姊之後應該會主動跟你聯繫。護理師說你只是情緒不穩，血壓和血糖又都太低，並沒有大礙，等你舒服些了，再讓醫師檢查過，應該就可以離開。我是想……反正我們同路，我跟你一道回家。」

李烽聽完她一連串話語，僅是面色平淡地點了點頭，接著又動了動手指與足踝，像在確認自己的身體狀況。

他看起來是如此熟稔自然，就像他萬分習慣醫院這一切流程，藺如眞望著他如此模樣，頓時感到有些難受，心裡扎扎的，只能告訴自己，沒關係，幸好他沒再趕她走了，能這樣陪著他，至少看著他平安無事，平安到家，那就好了。

「我去找護理師來，說你已經醒了。」藺如眞起身，李烽再度頷首。

很快地，護理師便推了診療車來到李烽病床旁，做了些簡單的問話與檢查。

李烽意識清楚，診療檯上的一切數值正常，護理師又請醫師再度來看過，便叮囑了些注意事項，告訴他們可以離院。

一確認能夠離開，李烽二話不說地確認好隨身物品，拿穩批價單，下床穿鞋。

「我去幫你繳費辦手續。」蘭如眞搶快。

「不必。」李烽的表情和語調都很淡，看不出情緒。

「那我跟你一起！」蘭如眞趕忙提步跟上他。

李烽沒有拒絕，只是逕自往前走到醫院櫃檯。

蘭如眞靜靜跟在他後面，突然覺得住在他對門很尷尬，也很慶幸。

尷尬的是，兩人現在幾乎是冰凍狀態，還得一道回家；慶幸的是，幸好還能一道走，就不用沿途擔憂他是否平安。

蘭如眞與李烽各懷心思，一路無話，直到回到大樓，電梯門叮一聲在九樓打開，遠遠的，便看見一個中年婦人站在907門口，身著俐落套裝，有股優雅香水味撲鼻，她的面容瞧來卻十分陰鬱，渾身散發出一種難以親近的不善氣息。

幾乎不用問便能確定，那是李烽與李陽的母親。

雖然，嚴格說來，她與李烽、李陽的五官容貌並不非常相似，但她深鎖眉心、緊抿唇瓣的模樣實在和李烽太像，不必介紹，蘭如眞也能百分之百肯定。

她來做什麼？爲什麼母親會突然來訪？

藺如眞與李烽心中存疑，兩人腳步同時停頓，婦人揚睫看來，冷厲眸光與他們相交。

那就是種直覺，一種不好的預感，一股強烈的衝動，藺如眞突然伸手拽住李烽袖子，不願他再繼續往前走，就如同前方有什麼毒蛇猛獸。

李烽眸光下移，驚詫地望向衣袖上的阻力來源，盯著藺如眞驀然刷白的臉色和微微發顫的手指，目光再回到她臉上，納悶揚高了道眉。

藺如眞目光與他交會，見他疑惑挑眉，非但沒有放開手，反而抓他袖子抓得更緊。

她搖頭，抿唇，神情委屈，像是深怕被他罵，卻又萬分不願放開，怯怯模樣有如驚弓之鳥，不願他上前的意圖那麼明顯，竟令李烽回想起她上回額頭抵靠他背時的觸感，不由得感到心軟。

那時，她也是這麼欲言又止，明明想說些什麼，卻迂迂迴迴……

「沒事。」李烽拉開她的手，信步往前走，但他的手指卻比她的更冰涼。

藺如眞交握著的手指瞬間失去依附，頓時感到一陣強烈的空虛，排山倒海，揪扯得她心疼也胃痛。

她眼睜睜看著李烽撇下她走向前，和907門口的婦人說了些什麼，打開大門，兩人的身影同時消失在闔上的門板後頭。

她呆呆佇立原地，腳步僵凝，身軀僵硬，遲遲無法移動。

想做些什麼，可她能夠做些什麼？又適合做些什麼？

那是李烽的母親，就算她耳聞許多她的離譜行徑，她畢竟還是個長輩，是個母親……她能做些什麼？

最重要的是，他的母親爲何突然出現在這裡？

藺如眞提步走到自己的905門口，想想又不放心，深呼吸了一口氣，掉頭走回，附耳在907門上傾聽，細細碎碎的聲音傳入耳朵，未料竟是如此刻薄帶刺——

「……我已經告訴過你多少次了，不要給你弟弟惹麻煩，不要扯你弟弟後腿，你怎麼都沒有聽進去？李陽好歹也算是個有名氣的教練，總是個公眾人物，在專業領域頗具知名度，你現在這麼一鬧，網路這麼發達，想找李陽當教練，只要一上網輸入他的名字，就會出現這則簽書會消息，這還像話嗎？」

言詞太尖銳，狠狠撞擊藺如眞胸口，她拉長耳朵，更貼近了門板，聽不到李烽的回話，不知道是太小聲，抑或他眞的沒回應？

但是，無論是哪一種，藺如眞都再也聽不下去了，胃似乎更痛了，心疼得不像話。

她覺得難過，很難過、很難過。

李烽才從醫院回來，爲什麼他媽媽不關心他的身體，反而還一直罵他啊？

她才不管李媽媽是如何得知簽書會的事，假若，李媽媽是有親自到書店現場，抑或是看了讀者放上網的直播，所以才得知這場騷動，那麼，她就應該知道李烽入院了才對呀！怎麼可以不關心兒子到這種程度？

蘭如眞的不滿積累到頂點，信手在包包內一陣匆匆翻找，拿出907的鑰匙，轉動把手，想也不想地衝進去——

「妳出去！」

她勢如破竹地衝進907，張臂擋在李烽身前，就像老鷹抓小雞裡的母雞那樣，雙臂大敞，忿忿的、迫切的，扯嗓咆哮眼前人，突如其來的舉措令李烽與他的母親都嚇了好大一跳。

「李烽，這是誰？」李母冷著嗓子問，李烽一臉驚愕地盯著蘭如眞驀然出現的身影，顯然還沒從蘭如眞是如何打開大門的這件事當中反應過來。

「妳出去！」蘭如眞全然沒給眼前兩人反應的餘地，再度重複了一遍，音量比方才更大。

「妳誰啊妳？」李母不甘，面色厲峻。

可是蘭如眞理智早已斷線，才不怕她，她才不怕她！

「有人像妳這樣當媽媽的嗎？連關心也不關心，拚命指著人家鼻子罵！開口閉口都是不要拖累弟弟，難道當哥哥就倒楣不是人嗎？兩個都是妳生的，都是！」蘭如眞連珠炮似地大吼，吼著吼著，情緒激動，眼眶裡竟有薄淚打轉，內心氣憤難平。

「妳一個小女生懂什麼？憑什麼用這種口氣跟我講話？」李母惱怒，恨恨走向她。

「憑我發誓永遠永遠都不會當一個像妳一樣失敗的母親，永遠永遠都不會對我的小孩說出這種沒心沒肺的話！」

「妳——」李母氣極，舉高右手，眼看著就要從藺如眞臉頰揮下。

「媽，夠了。」李烽瞬間抓住李母舉高的手腕。

「好啊！你是我兒子，你也幫著外人！」李母跺腳，口吻陰狠。

「媽，妳回去吧。我剛從醫院回來，很累。」李烽的音調平淡持穩，擒著母親手腕的力道卻全沒放軟，堅定平穩得令李母更加生氣。

她重重甩開他的手，氣憤往他胸膛一推，回身便走。

「隨便你！我就當沒生過你這個兒子！」砰！李母懷恨地甩上大門。

大門撞進門框，力道猛烈得彷彿天花板與地板都在搖晃，急遽將藺如眞的理智拍回來，剛剛不知從哪衝出的勇氣瞬間崩潰瓦解，終於意識到自己做了件多大的蠢事。

「對不起，她是你媽媽，我卻對她這麼沒禮貌，但是，我不想對她有禮貌……嗚……」藺如眞揚睫睞向李烽，望進他深邃如淵的黑眸，緊繃著的精神鬆懈，眼眶裡的薄淚越積越多，重到再承受不住，居然瘋狂地哭了起來，沒頭沒腦地全盤托出，胡言亂語——

「嗚嗚……你一定要問我爲什麼有你家鑰匙對不對？鑰匙是李陽給我的，我早就該還他的，可是我捨不得，我是小人嗚嗚嗚……」她把手中的鑰匙遞到他眼前，吸了吸鼻子，哭得更厲害了。「難怪你嘴巴這麼壞，原來你媽媽嘴比你更壞，難怪你也這麼沒禮貌，你媽媽也很沒禮貌。我討厭你媽媽，你上次趕我，也很討厭……嗚嗚嗚……」一邊哭，還一邊翻了下舊帳。

「……」李烽太陽穴一跳，走到一旁，抽了幾張面紙給她。

藺如眞接過面紙，毫不客氣地擤起鼻子，幾乎擤出李烽的笑聲。

梨花帶雨、我見猶憐這些形容詞顯然都跟她一點關係也沒有。

她哭得很醜，很醜很醜，非但很醜，還很沒形象，眼睛腫腫的，鼻子紅紅的，很滑稽，但很可愛，他沒看過任何比她這副狼狽模樣更可愛的表情。

在她大哭的前一秒，他確實覺得他很累，心力交瘁，可她哭了，像個笨蛋似地因他大怒大哭，還哭得這麼醜、這麼蠢，亂七八糟不知在說些什麼，毫無組織文法，卻令他莫名感到療癒，心情彷彿都好了起來，竟然想笑。

爲什麼，她可以一瞬間就令他心跳得如此飛快，一瞬間就讓他的心軟得如此一塌糊塗？

明明這些事情最不想讓她知道，這些洋相也最不想讓她看見，偏偏她早已涉入太多，無法抽身，就連他的心彷彿也深陷泥沼，心緒由她起舞，無法自己。

好煩，她究竟對他做了什麼？

爲何這些日子以來，只要想起那半塊她留在桌上的檸檬塔，他便感到自責難受？

她當時泫然欲泣的委屈臉龐彷彿在他心底烙下深深傷痕，讓他頻頻回想起她快樂時的模樣，備感愧疚，怎麼也無法將她的身影驅離心房。

如今，她爲他發怒，對母親無禮，做出驚人放肆之舉，竟在他心底掀起驚滔駭浪，產生悖德的狂喜。

「嗚嗚……對不起，鑰匙還你，我不會再這樣冒冒失失闖進來了。我回去，你不用趕我，我自己走，嗚嗚……」蘭如眞猶在哭泣，驚覺李烽遲遲沒有拿走她手中鑰匙，又將鑰匙往他身前推，一副還了他鑰匙便要兩清的模樣。

李烽沒有接過鑰匙，反而拉住她手臂，一把將她拽進懷裡。

「還我什麼鑰匙？妳早就冒冒失失闖進來了。」

心門早就爲她大敞，關上談何容易？

他投降，早就已經認輸。

10

反抗的心思到底敵不過那點親情，放棄與命運掙搏，認命出嫁前的這個夜晚，唐海棠悄悄摸進唐鈴房裡。

「唐……棠？」熟睡中的唐鈴被她驚擾，眼神先是驚懼，漸漸趨於平靜，牽動腳上鐵鍊，在暗夜中錚錚作響，那刺耳音效鼓動唐海棠耳膜，揪扯她心臟。

「鈴鈴，妳好嗎？身體都好了嗎？還有沒有哪裡痛？」唐海棠伸出明顯消瘦的手，摸了摸唐鈴疲倦憔悴的臉。

唐鈴歪著頭看她，沒有回話，僅是揉了揉眼，伸手摸了摸她，像是要確定半夜出現在房中的唐海棠究竟是眞是幻。

唐海棠直勾勾望著唐鈴，她的眼神還是那麼乾淨透明，就算曾經被摧折，就算發生了那麼多恐怖骯髒的事，還是那麼乾淨透明。

她十分懷疑，唐鈴究竟知不知道她們身上發生了什麼？知不知道她母親死了，知不知道她就要離開唐家，知不知道自己就是害她遭逢這一連串不幸的罪人？

假若可以，她多麼希望唐鈴什麼都不知道，就如同從前般無瑕美好。

千言萬語，不知該從何說起；自責內疚，更不知從何道歉起，唐海棠抿緊唇瓣，傻愣愣盯著床面，一句離別的話也說不出口。

唐鈴歪頭，盯瞧唐海棠的姿勢，一動也不動，驀然間，坐起身，伸手在床頭櫃裡拿了個東西，塞進唐海棠手裡，緊緊包握她手，笑了。

「鈴鈴喜歡唐棠。」笑容澄淨。

唐海棠望進她笑顏，打開掌心，看著唐鈴遞來的七彩糖果紙，回想起近來種種，再忍受不住，悲從中來，放聲大哭。

「對不起、對不起，全都是我害的，都是我害的！對不起、對不起……」她緊緊抱著唐鈴，在她頸畔痛哭失聲。都是她的錯，全都是她的錯！

「不哭……鈴鈴喜歡唐棠……」唐鈴不明白她為何哭泣，只好緊摟著她，像哄孩子似的，輕揉她背脊，一遍又一遍重複，卻令唐海棠越哭越厲害。

唐海棠沉聲痛哭了好半晌，猛然抹去眼淚，從口袋裡倒出好多好多糖，五顏六色的，繽紛的糖，撒在床上，堆積成一座小山，重重起誓——

「鈴鈴，我會想辦法回來救妳，妳等我，我給妳好多好多糖，一定會回來救妳。妳等我，我們約好了，我們都好好活著，妳等我……對不起、對不起……」

她下定決心，鄭重宣告，也不管唐鈴有沒聽懂，一股腦地傾倒心中痛苦，哭得歇斯底里。

這一刻，她終於明白，無論是出生即成私生女的注定，抑或是認祖歸宗入了唐家的轉捩，命運從來都沒有與她站在同一邊。

笨蛋是弄不懂李烽爲何突然抱她的。

不，正確地說，笨蛋是沒有辦法及時反應出被擁抱這個事實的。

李烽的體溫兜圍上來，密密實實將她包覆，有她熟悉的衣物柔軟精氣息，有醫院淡淡的藥水味，還有著只屬於他的男人氣息。

藺如眞沒有確切意識到自己被李烽抱著，但他的味道很好聞，很令人安心，也很令人心疼，令她不由得往前蹭得更深一點，尋了個更舒服的位置，眼淚撲簌簌直掉。

只要想到他是一個如此纖細的人，卻被母親如此傷害，逐漸演變成難以根除的心理疾病，從小到大不知吃了多少苦，她就覺得很傷心。本來絲毫不計形象的哭聲由大漸小，被他摟著的肩膀仍細碎顫抖，一時停不下來。

「你媽媽她……她這樣說你，你不生氣嗎？」她在他懷中仰顏，問得萬分委屈，彷彿受委屈的人是她一樣。

李烽認眞地思忖了會兒，淡淡地道：「因爲妳替我生氣了，所以我就不氣了。」

這是實話，就算他原本有些什麼不愉快的情緒，也都在她對母親出言不遜的那一刻，通通煙消雲散。

她出現得太令人震驚，太莫名其妙……也太溫暖，太窩心。

他看著她哭得醜醜的模樣，笑了。

「早知道妳會哭成這樣，剛剛在醫院裡，應該順便請醫師幫妳打針鎮靜劑。」

「喂！」居然有心情拿她開玩笑！她爲什麼沒把鼻涕擤在他衣服上呢？

藺如眞拿著捏成一團的鼻涕衛生紙打他，打出李烽難得輕快的笑聲，也打出她的失神。

她聽著從他胸膛迴蕩而出的低低笑音，震動著她的耳膜與心音，覺得那聲音格外動聽，驀然驚覺，她是這麼喜歡看他笑。

「我喜歡你……」眞心話出其不意從喉嚨跳出來，衝口而出，可她完全不想阻擋。

她喜歡他，很喜歡很喜歡，就算曾被他趕過、罵過，也很喜歡。她沒有什麼好怕的，反正最壞不過就是再被他趕一遍。

與最壞的結果相比，她更害怕還來不及讓他知道，就已經沒有讓他明白的機會，既然如此，那還不如趕快坦白，速戰速決，求個痛快。

她抹了抹頰畔的淚，吸了吸腫腫的鼻子，紅通通的眼睛盯著他，又說了一遍：「我喜歡你。李烽，我喜歡你。」

突如其來的表白其實並不令人意外，他本就明白她喜歡他，只是，親耳聽到的感受，和自己推測得知的感受並不相同。心跳得很快，耳廓溫度漸漸升高，可是，他是這麼害怕這一切只是場自以爲是的美夢。

「如眞，同情並不是愛。」他是如此害怕，只得出言確認。

「我才不是同情你，假如同情是愛的話，我早就去向賣愛心筆的小弟告白八百遍了。」藺如眞皺了皺鼻子。

「仰慕也不是。」

「那什麼才是？」她確實仰慕離人，爲他的作品傾心，但這難道不能是愛情的一部分嗎？

「妳喜歡的我，有一部分只是妳自己的想像而已。」他說話的口吻居然聽來有點淒涼，或許，他內心裡根本就不認爲有人會眞正喜歡他，喜歡他的全部，喜歡他的每一面。

「即便是這樣，就不能喜歡你嗎？」藺如眞不懂。他這是在給她軟釘子碰，委婉地拒絕她嗎？感覺起來，似乎又不太像……

「那些不了解的，不能日後再慢慢了解嗎？就像……羅密歐與茱麗葉根本是一見鍾情，他們認識的對方甚至比我認識的你還少。」藺如眞承認，她找了個很爛的例了。

莎士比亞都搬出來了？這難道能夠相提並論？

「那是莎士比亞，茱麗葉是女主角，妳是什麼？」李烽問得有幾分好笑。

「……豬。」藺如眞自暴自棄地回，好歹也和茱麗葉同姓……不對！她幹麼自暴自棄啊？

「你才是豬咧！奇怪，爲什麼我要回答這種奇怪的問題啊？我就不能只是喜歡你而已嗎？我也不知道爲什麼啊！你這麼討厭，壞心腸、壞嘴巴……可是，我就是很喜歡你啊！總想著你在做什麼，總想著你是不是會寂寞，總想著你會不會也想著我，倘若這些都不是喜歡，那什麼才是？」

她連珠炮似的表白令他胸腔鼓譟，雀躍欣喜，又唯恐失望得太深太重，小心翼翼，不敢高興得太早。

「我和妳想像中的不一樣。」

「你又知道我想像中的你是哪樣？」

「我不是個好兒子，我並不想愛我母親；我也不是個好哥哥，我忌妒李陽；我害怕肢體接觸，有情緒上的困擾；我孤僻、善妒、偏激，並不是妳從作品中認識的離人，不是妳想像中的才子。」

其他部分都很容易理解，包含母親與李陽，情緒困擾的部分，但是……

「害怕肢體接觸？爲什麼？」仔細想想，她每次碰他，他似乎都很僵硬，就連現在他摟著她，也很不自然……

咦？他摟著她？雷龍藺如眞終於慢吞吞反應過來了。

「害怕肢體接觸的話，那你抱我幹麼？」現在才臉紅未免也太慢了？

藺如眞的臉色瞬間炸紅，一時間，掙開他懷抱也不是，不掙開也不是，爲難得像個傻瓜。對，他抱她做什麼？而且，他在抱她之前，好像還說了句什麼她早已經闖進來的話？她沒有聽懂那句話的意思，現在再問好像已經來不及了……算了，反正她就是雷龍，她不想管了，先弄懂眼前這題比較要緊。

「想抱就抱。」李烽的目光不自在地飄了下，很顯然是理虧的強詞奪理。

「我要報警了。」藺如眞怒瞪他。

而且，他還不放開抱著她的手是怎麼回事啊？再有，她這樣任他想抱就抱是不是很沒節操？可是，她又不太想有節操……

「隨便妳。」李烽絕對不承認他是找不到臺階下，反而摟她摟得更緊。

兩人兩頰皆燙，臉色紅得不像話。奇怪，他爲何覺得他和她一樣，越來越像個笨蛋？

「你還沒說，爲什麼害怕肢體接觸？」任由他抱了好一會兒，藺如眞不知是想抗議，還是想轉移話題，再問了一遍。

這次李烽沉默了非常久，才終於艱澀地開口：「不知道這次被觸碰，是會得到一個耳光，還是一個擁抱。」

他撇過目光，說得含蓄，表情有些陰沉，但藺如眞卻聽懂了。

他是在說他媽媽吧？他母親陰晴不定，令他動輒得咎，而這約莫是他的童年經驗積累而來的恐懼感？連最親的媽媽都可以這樣，更何況是沒有血緣關係的女人，誰不會害怕？

難怪他情緒不好時，格外害怕被觸碰，老吼著不要碰他。

或許，不只肢體接觸，他也從來無法訴苦、不能訴苦，所以，對於表達自己的情緒與感情非常笨拙。她怎能要求他有最纖細的心靈，最溫馴的性情？

「膽小鬼連幸福都害怕，碰到棉花也會受傷。」她歪著頭瞧他，試圖想從他深邃的黑眸裡望出些什麼端倪。

她不知道他喜不喜歡她，但至少可以確定，他並不討厭她。否則，他爲何沒有再次趕她出去，沒有拿回鑰匙，甚至還抱了她？

或許，她可以大膽地猜測，他對她是有好感的，只是，他很恐懼……

「太宰治？」李烽斂眸注視她。他怎會不知道，這是《人間失格》裡的句子。

「你。」藺如眞皺了皺鼻子。纖細、脆弱、戒愼善感，就連面對自己的感受都是百轉千迴，誠惶誠恐。

李烽瞇細了眸，靜心思忖。

是的，他想，他確實很害怕，害怕到當初不惜趕她，此時卻又不禁留下她。

他害怕幸福稍縱即逝，害怕此時的甜美只是過眼雲煙；害怕赤裸裸地攤開在她眼前，害怕她全盤了解他後，不願繼續喜愛他。

那麼，假若，先讓她全盤了解他呢？

假若，她還願意繼續喜愛他的話，那麼，他也……

「來。」李烽忽地朝蘭如眞伸出手，心跳得很快。

「什麼？」蘭如眞一頭霧水。

李烽喉頭一嚥，掀動牆上畫報，決定帶她去903。

他打開畫報後的暗門，側過身體為蘭如眞讓出通道。

蘭如眞提步前行，從沒想過，原來903裡頭是長這樣的——

開放式的空間，穿透式的設計，雖然和907一樣是以黑、白、灰為基調，但沒有明顯隔間，所有擺設一目了然；除了衣帽間、臥房、起居室，就連衛浴也採用玻璃隔屏。

木質地板、深色寢具，搭配採光良好的落地窗、藤編吊燈、白色磚牆，視覺上非常自由寬敞，有遼闊奔放的森林感，和907的復古工業風格截然不同。

這其實不難理解，既然李烽因為幼時經常被母親獨自關在房裡而感到害怕，成長後，會盡量想把自己的休憩空間打造得寬敞明亮也是無可厚非。

「到底花了多少裝潢設計費啊？」相比之下，她的905根本是荒蕪的豬圈，蘭如眞驚嘆。

「……妳花不起的金額。」李烽聳了聳肩，顯然沒打算認眞回答她的問題，畢竟他在意的完全不是這些小事。

「呿。」蘭如眞不置可否地朝他做了個鬼臉。「好啦好啦，知道你有才華，賺得多，可以了……嘩！這些是什麼啊？」

蘭如眞話說到一半，完全被邊角的置物空間吸引了注意力，興致勃勃地跑過去，睜著圓滾滾的大眼，興致高昂地打量。

李烽提步跟在她身後，戰戰兢兢地盯著蘭如眞面上表情，眉心微微聚攏，其實有點緊張。手術刀架、多種刀片、人體模型、鳥籠、鐵鍊、C型扣環、鎳絲、裹屍袋……他的儲物空間裡應有盡有，難以歸類，甚至連血漿與混凝土都有。

李烽想，以正常人的眼光而言，這應該是有點獵奇的收藏癖，或許還有點驚悚？

可是他忘了，蘭如眞是他的讀者兼粉絲，而且還是忠心、鐵桿夾帶瘋狂那種。

「天哪！這簡直太帥氣了！你辦個展覽吧！讀者們會尖叫的！」蘭如眞已經尖叫了。

道具。她一眼就認出這些是道具，曾經出現在離人作品裡的道具，就如同聖多諾黑一般，如數家珍。

「這是上次連環殺人案當中用來犯案的手術刀；那是短篇集裡面的鳥籠；這個是勒頸用的鎳絲；那個是……拴住唐鈴的鐵鍊？這麼長，難怪可以讓她在房間裡走動。」蘭如眞興高采烈地撈起地上鐵鍊，比在足踝上，眼神亮晶晶的，口吻異常興奮。

「原來這就是『恰好足夠她能移動到浴室解決生理需求，卻不足以離開房間的長度』，現在親眼看到，總算明白了！」

「……」她關心唐鈴居然比關心他還多？李烽的太陽穴再度跳了一下。

「什麼啊？還以爲你房間裡藏了什麼咧？害我好緊張，幹麼神神祕祕的啊？」看著看著，藺如眞很明顯鬆了口氣。

「不然妳以爲會看到什麼？」雖然這不是他預期中的反應，但她原本究竟以爲會看見什麼？李烽挑眉一問。

「以爲哦？以爲……」藺如眞歪著頭想了想。「……至少像《格雷的五十道陰影》那樣，會看到整間的性道具之類的，害我以爲你有什麼奇怪的癖好。」她大笑。

「假如是以那種訴求爲考量的話，八輩子都不會找上妳好不好？」白癡！李烽瞪她，一點都不想跟著她笑。

「喂！什麼意思啊你?!」反應過來之後，藺如眞氣得搥他。

「就是那個意思。」李烽再補她一刀。

「你眞的很討厭欸你！」

「有人剛剛才說喜歡我？」

「我眞的要報警了。」得了便宜還賣乖就是這樣！藺如眞頰面一熱。

「來。」李烽唇角微微上揚，忐忑的心情似乎放鬆了些。

他領著她走到他桌前，打開桌上的液晶螢幕；四格分割畫面瞬間映入藺如眞眼簾，當中的空間擺設非常熟悉，絕對是她認得的地方。

「這是……監視畫面？」藺如眞眨了眨眼睫，看了好一會兒。「907？」

「嗯。」

「爲什麼？怕小偷？」藺如眞一愣。有人會在自己的工作室裡裝監視器嗎？

「不是。」李烽搖頭。

「有必要強迫症到監控自己的工作狀態嗎？」907是他的工作室，除了預防遭竊之外，她只能想到這個可能。這根本是強迫症中的強迫症了，誰喜歡被監看？

「其他的原因是？」

「那只是其中一個原因而已。」李烽話音沉穩，只有他自己知道他有多緊張。

「……我不想愛我母親。」這他剛剛說過了，但用說的，不如讓她用看的來得實際。他偏執的程度，遠遠超乎她的想像。

「這跟那有什麼關係？」藺如眞不解。

「她每次來找我，說了些什麼，我都保存起來。當她偶發似地對我好，偶爾令我感到開心，我就將這些畫面拿出來看，反覆提醒自己，不要喜歡她，不要對她心軟，不要原諒她。」

李熢嚥了嚥口水，說得有些艱難，這是他內心幽暗之處，並且，他對此抱持著難以言述的罪惡感，從未想過有天必須向他人坦白。

「妳幻滅了嗎？我就是這樣子的人，我連自己的母親都無法寬容，小心眼、善妒，而且卑劣。」李熢深望著她，說得平淡。

可藺如眞靜悄悄地盯著他好半晌，卻從他的話音當中聽見濃濃的自責與自厭。

他並不喜愛這樣的自己，所以，從不認爲這樣的自己能夠讓人喜愛。

「你只是想保護自己而已，我爲什麼要因此感到幻滅？」藺如眞很認眞地思考了會兒，才終於眞正明白他的想法，與裹足不前的原因。

他的完美主義也充分反應在他對於自己的人格期望上，他期望自己是個毫無缺失的完人。莫怪他爲了體貼李陽對他抱持的愧疚，願意包容、配合李陽對他的干涉與保護這麼多年；莫怪他爲了無法眞心喜愛及原諒母親，覺得他無法眞正被人喜歡。

明明平時都表現得一副生人勿近、凡事皆冷淡不上心的模樣，怎麼會這麼笨，這麼堅持，這麼……令人心疼？

「對活著的自己感到自責是不行的，你本來就可以忌妒，可以吃醋，可以擁有任何生而爲人會有的缺點及不完美，就算是這樣的你，也會成爲某個人的支柱與盼望。難道因爲這樣，你就以爲你不値得被愛嗎？」

藺如眞望著他，一番話說得眞誠，卻越說越緊張。她垂眸，有些難爲情，再度伸手拽住他衣袖。「你要怎樣才會相信我？我是……我是眞的很喜歡你。」

全天下最難纏的難搞大魔王就是他，有人像她這樣，告白就告白了，還需要一再重申嗎？

藺如眞的耳朵與臉頰同時都紅了，沒注意到李烽的耳朵也悄悄染上顏色。

她一方面腹誹他，一方面又對他的開誠布公感到有些歡欣；她可以假設，他告訴她這些，讓她看這些，是因爲他想走近她，卻又害怕她因爲這些而離開嗎？

她可不可以對他懷抱期待？

「我不知道。」李烽搖了搖頭，望著她拉住他袖子的手。其實很喜歡她碰他，很喜歡她沒有被他的監聽與監看嚇一跳，反而還願意親近他。

假如，她不害怕他的不完美與偏執，那麼，他是不是也能夠不要害怕？

「你爲什麼覺得上善喜歡李陽？我倒是覺得，上善確實很關心你，她從前一定喜歡過你，你說她喜歡李陽，對她不公平，對你自己也太苛責。」藺如眞驀然想起這件事。這件事也是他不安全感的來源？

「我不否認她喜歡過我，只是不是No. 1。」李烽顰眉，沒有意識到他對她越來越坦白。

「噢，這樣啊……」藺如眞沉默了會兒，聳了聳肩，對於李烽爲什麼有這樣的感受並不方便多問，畢竟那是她無法參與的從前，知道再多也無濟於事。

她只感覺，他像個不想爭寵，卻無法掩飾自己渴望的小孩，雖然壓抑得很好、很完美，可是內心卻對於「不被愛」這件事非常在意，在意到錙銖必較、一碰就會受傷的程度。

說穿了，他只是從來沒被愛夠罷了，所以嚴重缺乏自信心與安全感。

他內心那個從未被愛餵養的男孩孤寂地長大，長成一個孤寂帶刺的大人；他猶疑不安，懷疑這樣的自己不具備被愛的資格。

可是，其實她覺得他很厲害，很厲害很厲害；覺得沒有人比他更值得被愛了。

因爲，經過這樣處處被比較、被厭惡的童年，他卻沒有因此走上歪路，成爲一個一無是處的大人，反而很體貼、很溫暖、很溫柔，很害怕傷害母親與弟弟……當然，這是指，略過強大的壞嘴技能不提的話。

「我沒有奢望你能立刻喜歡我，但是至少不要再趕我走。你上次那樣趕我……我很難過。」想起這件事，藺如眞又忍不住傷心了，說得悶悶的。

「餓了嗎？」他看向她委屈的臉，確實對這件事感到很內疚。

「當然餓……等等！不要轉移話題！你眞以爲我是豬啊？餵飽我就可以打發嗎？跟我說『對不起』！」藺如眞忿忿。

「……對不起。」李烽摸了摸鼻子，推了推眼鏡，對於這種破天荒的坦白非常不自在。

聽見他道歉，藺如眞開心了，伸手想捏他的臉，哄小孩似的。「好乖、好乖。」

「嘖。」李烽一秒閃開，皺眉瞪她。

他覺得，自從不再期待母親的愛之後，他就一直渴望著一種無條件的愛，不是因爲內疚，不是因爲同情，卻總是不斷失望。

等到他終於放棄期盼，決心不期不待時，她卻猛然闖入他生命裡，帶著彷彿能劈開一切晦澀的明亮，斬釘截鐵地，雙手奉上他求之不得的東西。

「我喜歡你。」她剛剛進門到現在說了多少次？她很希望他聽見嗎？

他確實聽見了，並且爲此感到開心，又有些不可置信。

「對了，我想知道，那個過度換氣啊，假如下次你再發作的話，我能怎麼幫你？」她想陪在他身旁，既然要陪在他身旁，那就必須明白怎麼照顧他才行。

她用了「下次」這個字眼，充分讓他明白了他們之間還有未來，李烽內心一震。

即便明白了他的不完美，她仍願意繼續喜歡他，她不是那個因爲他不完美，便不願意愛他的母親……

「給我一點二氧化碳。」李烽忽爾靠近她，深邃眸光隱隱的，脈脈瀲灩。

「二氧化碳？給？怎麼給？紙袋嗎？塑膠袋？像電視裡演的那樣？還是指示你吸氣、吐氣之類的？吸氣——吐氣——這樣？」藺如眞仰顏睐他，問得認眞。

他大掌一伸，攬過她後頸，驀然吻去她嘴上的喋喋不休。

他想，她嘴裡有他需要的空氣。

她的全部都是他需要的。

她為他而發的怒氣，為他而流的眼淚，全都是他所需要的。

需要一個無條件愛著自己的人，需要一個傻乎乎的笨蛋。

他需要她，無庸置疑。

發生了什麼事？藺如真的腦子一片空白，真的是一片空白，比剛剛被李烽抱住時還空白。

澈底當機，無法思考，腦袋嗡嗡嗡的，好像也耳鳴了，完全搞不清楚發生了什麼，又是怎麼發生的。

她不就問了他過度換氣要怎麼辦而已嗎？二氧化碳難道是這麼給的嗎？

他的味道與氣息欺壓過來，鋪天蓋地占據她所有感官，嘴唇黏纏著她的；她伸手抵住他胸膛，雙唇緊閉，不知該如何反應，也不知道她伸手究竟是想阻擋他，還是想觸碰他。

他的嘴唇很軟，有些冰涼，卻令她整個人像被煮熟的蝦子那般又紅又燙；她下意識嚥了嚥口水，全身力氣彷彿都被抽乾，只能軟軟任他抱著、吻著，喉嚨滾動出小小氣音，抿唇吞嚥都是他的氣味，心跳快得像要衝口而出。

想大口呼吸，好取得更多氧氣……她張唇，感覺他趁機使了力，柔軟唇瓣刷過她牙齒，氣味悄悄溜進她嘴裡……

唔?驀然間一個碰撞，令她身體忽爾瑟縮了一下。

「碰到牙齒了。」她在他懷裡仰起臉來，摀住雙唇，臉頰紅通通的，嘴唇也是。

「怎樣?不行碰到牙齒?」李烽身體一僵，雙耳紅透，顯然也被那微小的磕碰嚇了一跳，面色異常困窘，強詞奪理得欲蓋彌彰，根本像惱羞成怒。

「不是不行碰到牙齒……」藺如眞下意識舔了舔嘴唇，嚥進喉嚨的都是他的味道，臉色不禁更紅，說得小小聲，十足無辜煽情，內容卻足以氣死任何一個人。「只是嚇了一跳，只是……沒想到你技術這麼差而已。」

話一出口，她與李烽兩人皆是一愣，雙頰紅得不像話。

她她她、她在說什麼啊她?!

「技術差怎麼了?」李烽秒回，陰森森地瞪著她，表情比口吻更冷，雙耳的紅潮卻逐漸蔓延至頸項。

技術差怎麼了?有人規定接吻技術一定要好嗎?

「妳技術很好?是怎樣?經驗很豐富?」李烽太陽穴一跳，眼神一飄，突然覺得因取材而購買多年的裹屍袋終於有派上用場的時刻。

「才沒有呢!」他是不是瞄了一眼不遠處的裹屍袋?嗚嗚嗚，她只是很緊張又很驚嚇，腦子空白且胡言亂語，她也不知道她究竟在說什麼嘛!

「才不是經驗豐富，我哪有可能經驗豐富?!我、我我……除了幼稚園……」

不對，她解釋這個做什麼?難道連幼稚園被隔壁班男生親臉頰這種事也要說嗎?

「漫畫跟偶像劇裡都沒有這樣演嘛!男主角哪會碰到牙齒?他們都一副很厲害很身經百戰很駕輕就熟很……咦?」

藺如眞倉皇辯解到一半，忽爾愣了愣，呆了呆，恍然大悟，表情出亟欲解釋、呆滯、思考、偷笑，逐步轉變爲很樂。

她是眞沒想到他反差這麼大，明明將她拉過去時那麼有魄力，吻她卻吻得那麼小心翼翼，既生澀又笨拙。

所以，他跟她一樣沒什麼經驗?所以，他不是那些身經百戰、駕輕就熟的男主角?因爲，他很害怕肢體碰觸，所以，他純情得要命?

很樂，是眞的很樂，假如快樂程度可以具象成一個1到10分的量表，藺如眞現在就是9分，非常快樂的9分。

有什麼事比一個男人這麼帥，卻又這麼純情還療癒?

她的心情簡直好得不像話，傻笑得令李烽更認眞考慮殺她滅口這個選項。

「不熟悉的事情本來就不會做得多好。」他說得理直氣壯，長眸微微瞇起，神情卻比方才更困窘，就連手腿都有點不知該往哪擺放。

「哦，是哦。」他越解釋，她就越樂，得意洋洋的模樣既欠扁又可愛，看在李烽眼裡真不是滋味。

「需要多練習才行。」李烽繼續陰森森地瞪著她，忽然鄭重地說。

「什麼多練習？」

「這個。」李烽的唇再度湊向她，密實封住她的嘴，口吻陰狠，動作卻依舊十分溫柔。

他不知何時已將眼鏡拿起，後腦一個傾斜，交換了角度，趁她喘息張唇，無預警地將舌頭探了進去。

他的手掌撫過她的背，不經意滑過她的內衣背扣；她感覺自己全身戰慄了起來，被他吞嚥得更深，舌頭捲裹在他的吻裡，聽見他在她耳邊喘息。

明明只是唾液的交換而已，爲什麼會感到這麼幸福？

他們的味道深深融合在一起，分不出嚥入喉嚨裡的是誰的氣味，吐出來的又是誰的呼息，體溫和肌膚一樣纏黏，腦子也澈底停止運轉，只能好好感受對方而已。

藺如眞暈乎乎地不知任由他練習了多久，好不容易終於被他放開，卻似乎根本沒有力氣站好站穩，只能軟軟地靠著他胸膛，在他懷裡大口喘氣，仰起臉來睞他的眸光裡有著幾分指責與抗議。

她氣喘吁吁，望著他的眸光水潤迷離，一副明顯被欺負過的樣子，什麼話都說不出口；李烽甘心了，回望她的長眸中明顯帶著笑意，與她的指責抗議充滿十足對比，但他一點懺悔的模樣也沒有。

眞討厭，他這次沒有撞到她的牙齒了。她想罵他什麼，又不知道該罵什麼……藺如眞瞪他，可軟軟的眼神一點魄力也沒有。

她一直看著他，他也一直看著她，兩個人維持同樣的姿勢好半晌，誰也沒將目光從誰身上移開。

好尷尬，簡直尷尬得快要死掉了啊！

這時候可以逃跑嗎？爲什麼沒有哪本書有教人家接吻過後要說些什麼或做些什麼，才能不這麼尷尬？

「我……你……」藺如眞持續望著李烽，「我、你」了老半天，都吐不出別的字來。

這時候問他喜歡她嗎？爲何吻她？他們算是男女朋友嗎？這些問題好像太咄咄逼人了？會不會有逼良爲娼的嫌疑？

等等，逼良爲娼這四個字是這麼用的嗎？藺如眞突然有種被自己打敗的感覺。

「妳在想什麼？」她的臉色變化實在太精采，李烽單手捏住她臉頰，很想打開她的腦子看一看。

「我在想，現在要說什麼……」藺如眞急急忙忙地將他的手拍掉。

討厭，不要碰她，他一碰她，她又更緊張了。

可是，奇怪，她不要他碰她，那她幹麼一直任他抱著，還一副躺得很開心的樣子？她已經無力吐槽自己了。

「既然不知道要說什麼，那唱歌吧，妳不是很愛唱？」李烽面容鎮定，出口的聲音卻比平時更低沉，話音有些倉促。

其實，不只是她，他也覺得很尷尬。

一時情動，然後呢？

他的戀愛經驗貧乏，本就不是箇中能手，到底現在應該怎麼辦？他恐怕比至少有吸收一些少女漫畫或是偶像劇營養的藺如眞更不知所措。

「突然叫人家唱歌，怎麼知道要唱什麼啊？」藺如眞抗議。

「唱……妳之前在陽臺唱過的？」李烽想了想，揚眉。

「陽臺？我在陽臺至少唱過一百首，哪知道哪首啊！」

「喜歡什麼的。」

「〈喜歡你〉？」

李烽睞著她，突然笑了。

他足足笑了好一會兒，藺如眞才終於搞清楚他在笑什麼。

太過分了！這簡直是調戲良家婦女啊！她剛剛爲何沒有報警抓他?!

「你很煩欸！幼不幼稚啊？」藺如眞雙頰飛紅，出手打他。

「妳好矮。」打他的手在他胸前被抓下來，他還嫌不夠惹人生氣似的，又在她頭頂涼涼地補了一句。

「腿長了不起？」她哪有很矮？就是普通高度而已啊。

藺如眞氣不過，忍不住伸腿踩他腳，被他漂漂亮亮閃過，又更氣了，連續補了幾腳，沿著房間追著他踩。

160是跑不過180的，跑步是接吻之後該做的運動嗎？搞什麼鬼?!

「氣死人了！」藺如眞不玩了，氣到隨便找了張沙發坐下。

「笨蛋。」李烽跟著坐下，笑得很暢快，不經意間，注意到她口袋中溜出的鑰匙。

他的鑰匙，907的鑰匙，她像個笨蛋拿著，因此衝進來的鑰匙。

「這個……眞的給我嗎？」藺如眞跟著他的眸光往下望，將那支鑰匙拾起，拿到他眼前，問得有些小心翼翼。

「妳還給李陽吧。」李烽忖了忖，搖頭，不收。

「呃？還給李陽？哦……好。」藺如眞握緊鑰匙，垂眸，頓時有種受傷的感覺。

原來，鑰匙沒有打算要給她啊？

雖然，情侶也未必要有對方的鑰匙，而且，他們現在算是情侶嗎？只是不小心擁抱了一下，只是不小心接了個吻，他們都是成年人了，實在沒有必要……

「在想什麼？」李烽將她越垂越低的下巴扳回來，「我的意思是，這把鑰匙還給李陽，妳的鑰匙由我來給。」

「啊？」藺如眞的臉色一秒鐘就由暗轉明，而說話的那個男人，臉色是紅的。

她本來想跟他說鑰匙就鑰匙，誰給的還不都一樣，可是仔細想想，又覺得好像有點不一樣。不對，是非常不一樣，心裡居然因此感到甜甜的，很想傻笑。

「怎？」她一直看著他，還笑得那麼像笨蛋，那麼可愛，害他又很想抓她來好好練習。

「上次幹麼趕我走？」藺如眞現在已經不懷疑了，她想，或許，李烽根本就有點喜歡她吧？不是她的錯覺。

「不想讓妳看見我這個樣子，不論是過度換氣，或是我媽，都不想。」李烽沉默了會兒，難得決定說實話，雖然還是說得有些含蓄。

「那現在呢？現在爲何又想了？」

「因爲已經來不及了。」

因爲已經來不及了，所以豁出去？反正她都親眼看見，也親自碰上了？藺如眞驀然間有點想笑。

她感謝這個「來不及」。

「不要再趕我了。」上次多傷心啊？必須嚴肅地警告他才行。

「嗯。」

「不准再趕我了。」又強調了一遍，這次是說來讓他更加內疚的。

「嗯。」

「你喜歡我？」

「……嗯。」這次停頓了很大一下，目光還飄遠了。

可是，藺如眞笑了，笑得很甜很甜，將頭枕靠在他肩上，喜孜孜躺了會兒，接著又想起些什麼，抬起臉來，鄭重地告訴他。

「不要怕我，我不會傷害你，我會好好待在你身邊，你也要好好待在我身邊，乖乖的。」

她伸手想摸他頭，又被他噴了一聲閃掉，可她卻被他噴得很開心，眞喜歡他這種難纏又彆扭的模樣。

要是時間停在這裡就好了。可惜不行，藺如眞倏地想起另一件更重要的事。

「不知道表姊那裡怎麼樣了？你的合約不知道要怎麼辦？」

「我不在乎。」

就知道他會這麼說……

「可是我在乎啊，有生之年看不到唐鈴的結局，我會很想死的。」

李烽很認眞地盯著她雙眼。

「就算是女朋友，也不能先看。」

「……」

11

再次回到唐家的時候，唐海棠已經快滿十七歲。

這一年多來過著怎樣不堪，怎樣被蹂躪的日子，她已經不願回首，尋得正當理由回唐家，尋得機會帶走唐鈴，是她活下去的唯一期盼。

她存了一點錢，學了一點能夠維生的手藝，苟且偷生，鎮日天眞地想，攢夠了這些，至少能與唐鈴兩人撐持一段時間。

「唐鈴房裡怎麼了？鐵鍊聲動得那麼厲害，聽起來好像在掙扎，我去看看。」回到唐家的傍晚，便聽見唐鈴房裡傳來不尋常的聲響，與母親交談到一半的唐海棠開口。

「不要去。」母親緊緊抓住她的手。

「爲什麼？」唐海棠豎耳又聆聽了會兒。「媽，妳沒聽見嗎？」

「唐鈴她……她又懷孕了，這已經是第三次了，醫師要下個星期才能來。」母親抿了抿乾燥的唇，說得含蓄。

「懷孕？怎麼可能？她不是一直被鐵鍊綁……」話說到一半，唐海棠猛然收口，瞬間明白了是怎麼一回事。

還能是怎麼回事？唐鈴沒有外出，欺凌她的當然是自家人。他們拿唐鈴當性奴，這個看似和樂融融的大家庭裡，人人有份。

女人只要失去了那象徵貞潔的第一次，接下來的十次、一百次、一千次，又有什麼分別？唐鈴早就沒有依靠了，沒有人在意她的房裡發生了什麼事，沒有人將她悲鳴般的鐵鍊聲響聽進耳裡。

原以爲，唐鈴縱然被鐵鍊束縛，至少不用像她一樣，任人輕賤糟蹋，怎料唐鈴即便在與她有親緣關係的家庭裡，仍然難逃與她同樣的下場。

唐海棠內心悲愴沉痛，當鐵鍊不再發出聲響時，偷偷潛入唐鈴房裡，幾乎是她走進的第一秒，床上猶帶著淚痕的唐鈴便抓著棉被彈跳而起，瑟瑟發抖。

「不要、不要過來……鈴鈴很痛……」唐鈴帶著哭音的語調沙啞破碎，容貌明顯衰老許多，空氣中充滿刺鼻的腥羶氣息，床單上沾染幾處斑駁血漬，噁心得令唐海棠皺起眼眉，幾欲作嘔。

「鈴鈴，我是唐棠，不要怕，是我。」唐海棠強忍胃裡翻騰的不適，緩緩走近她，說得慢條斯理且溫柔。

「是最喜歡妳的唐棠，妳的姊姊，給妳好多糖的唐棠……妳看，妳這麼寶貝的，放在床頭的這些糖果紙，都是我送妳的啊。我今天也有帶糖來給妳哦。」

唐海棠小心翼翼地將爲她帶來的糖放在床沿，卻被唐鈴張牙舞爪地揮落。

「不要、不要過來！我討厭妳！討厭你們！」放大的瞳孔中滿是驚懼，嘶聲怒吼，鐵鍊跟著她一同顫動悲泣。

無論唐海棠如何誘哄提醒，唐鈴再也不認得她了。唐海棠終於後知後覺地認清這個事實。她再不是從前那個天眞無邪的唐鈴，正如同她再不是從前那個唐海棠；她們渾身是傷，千瘡百孔。最終，她誰也沒辦法救，誰也沒辦法救。

「哈、哈哈哈……」唐海棠荒謬地笑了出來。

逃？她們能逃去哪？她早該知道的，命運發給她一手爛牌。

她沒有辦法帶著這樣的唐鈴去任何地方，更何況，唐鈴甚至懷孕了，她沒辦法處理或照顧另外一個孩子。

就算她帶了能夠撬開鐵鍊的工具來，她永遠沒辦法眞正釋放唐鈴；就算唐鈴的鐵鍊長度長得足夠能讓她在這間房裡活動，她永遠沒辦法眞正得到自由。

承認吧！早該面對的，她根本沒有辦法養活她與唐鈴。說不定，在她們還沒被找回之前，她就會索性放棄，靠著殘破的身軀討起皮肉錢。

「哈、哈哈……」唐海棠悲痛至極，淒厲地越笑越歡欣，就連眼角也迸出淚水。

她撬開床頭那端鐵鍊，信步走到唐鈴身前，不顧她的驚惶，將奪去她自由的長長鐵鍊繞過她纖細的脖子，用力拉扯，奪走她的氧氣——

「咳、咳咳咳！」唐鈴驚駭地睜大了雙目，雙手放在脖子鐵鍊上，劇烈掙扎。

唐海棠加重了手上的力道，眼白充血，口吻卻萬分輕柔。「再忍耐一下，很快就不痛了，再也不會痛苦了，乖，聽話……」

能獲取的氧氣越來越稀薄，唐鈴揮舞的雙臂碰倒了床頭上的玻璃罐，罐裡七彩繽紛的糖果紙漫天飛舞，玻璃碎了一地。

唐海棠詭異淒豔地放聲大笑，臉龐布滿淚水。

鐵鍊錚動聲響像首離別輓歌，隨著唐鈴的瞳孔放大恢復寂靜。

瞧！沒有人會進來探看唐鈴對吧？無論鐵鍊發出多大的聲響，無論這個房裡正在發生的事實有多麼骯髒，都沒有人會看見。

唐海棠抹掉眼角的淚，雙手緊握成拳，鮮血沸騰，充滿搗毀一切的興奮快意。

毀掉吧！所有的一切，一個也不要放過。

她漏夜關閉了唐家大宅各個出入口，沿著屋宅倒撒汽油，回到被她勒斃的唐鈴身旁，緊緊環抱唐鈴已經沒有心跳的身體，點燃一夜火光，終於看見涅槃。

睡吧！明晨醒來，再無唐家，再無痛苦。

「妳是唐鈴，我是唐棠，唐棠給唐鈴糖糖。」

「好不好嘛？妳陪我？我們就在附近玩一玩，不會有人知道的，噓。」

噓。

靜。闃深的靜。

唯一點綴在黑夜裡的，是幽微的金屬聲響，與細小的鼾聲。

蘭如眞後悔了。

唐鈴的結局看了比不看更痛苦，她要殺了離人啊啊啊啊啊！

倘若現在不是上班時間，她一定要飛奔衝去907，然後狠狠地……咦？她爲什麼會在上班時間收到前臺發來的離人稿子？蘭如眞重重一愣。

當然，她本來就是校對，離人的稿子向來是由她做沒錯，但是，她以爲經由簽書會那麼一鬧，李烽與出版社原來的合作關係勢必會產生某些變化，而她因爲鴕鳥心埋，遲遲沒有去出版社網頁或是離人粉絲專頁關注簽書會後續效應，也沒有去詢問路歡。

究竟……路歡與出版社那頭是怎麼想的呢？

如今再度收到離人的稿件，是代表離人與出版社合約仍會繼續嗎？還是，這是李烽簽書會前交的稿子？

想起李烽……他說她是他的女朋友……雖然她現在很想掐死他，但是，她還是他的女朋友，而且，她哪捨得眞的掐死他？

念及兩人幾天前才互相坦承了心意，她的唇角不自覺彎起，臉頰有點燙燙的，心跳有點失控，然後迅速搖了搖頭，逼自己專注在眼前問題上。

藺如眞撐著頭，正在猶豫要不要上出版社網站看一下留言板或是公告，或是找個路歡看起來心情還不錯的時刻，拐彎抹角多問幾句時，桌上的內線分機便響了。

「喂？」藺如眞差點被電話聲嚇死，果然，上班時間胡思亂想是不道德的。

「如眞。」電話那頭是路歡。

「有。」藺如眞再度被嚇了一跳。

說曹操，曹操到，路歡很難得上班時間親自召喚她，通常親自召喚都沒什麼好事，她突然有種不妙的預感。

「離人到了，在我辦公室。我要跟他談談上回簽書會的事，妳也進來。」

欸?!是要談後續合約的事及對他的處置嗎？比如索賠或是告他違約之類？爲什麼會連她一起叫上呢？

藺如眞匆忙起身，提步往路歡辦公室去——

✲

她走進路歡辦公室的時候，李烽已經坐在那裡了。

同樣的黑衣黑褲，同樣修長的長腿，同樣看見她時眉心跳了跳，而上波瀾不興。

藺如眞喉頭一嚥，莫名感到分外緊張，這是她的男朋友……爲什麼只要看見他坐在那裡，不需要說話，不需要眼神交集，就能感覺甜蜜呢？

她嘴角忍不住上揚，卻又因不知路歡究竟要說些什麼感到驚惶，精神分裂只差一點點而已；從門口走到路歡與李烽的座位明明只有幾步，她卻走得步步維艱，手心全都是汗。

「如眞，妳來了？坐。」路歡指了指李烽身旁的座位，與她隔著一張辦公桌的距離。

「好。」藺如眞聽話落座，雙手放在膝蓋上，充分顯出她的不安，就連身旁的李烽也不敢看。

相較於藺如眞的緊張與路歡的凝重，李烽的神態倒是顯得十分輕鬆。

「你們兩個，從那天簽書會之後，看過後續相關的消息嗎？無論是在網路上，或是任何媒體平臺上？」路歡發話。

「……沒有。」藺如眞搖頭，因爲她是小孬孬。

李烽搖頭，則是因爲他不在乎。

「很好。」路歡將筆記型電腦的螢幕轉向他們那一側。「趁這個機會好好看一看，了解後續效應是必要的。」

蘭如眞湊到電腦螢幕前，深呼吸了好幾口氣，才敢定睛細瞧；李烽則維持原本的姿勢，僅朝那個方向微微揚了眉，目光淡淡掃過。

只見螢幕上同時開了好幾個視窗，有讀者當日放上網的直播影片，有出版社留言板上的留言，有離人粉絲專頁上的猜測與騷動，有論壇上的討論串，還有幾篇網路新聞。

蘭如眞鼓起了好大的勇氣，才敢將手放到滑鼠上，一一將影片點開，網頁打開，仔細瀏覽，越看，臉上表情越是精采，不可思議，就連李烽的神情也略微產生了點變化——

「表姊，這是……」蘭如眞不可置信地揚眸，驚詫的視線由電腦螢幕移至路歡臉上。

「很驚人吧？」路歡雙手交疊放在桌面，畢竟現在是出版業寒冬，就連她也十分意外會有這樣的討論度。

「那天你們走後，現場大亂，讀者的直播影片也立刻上傳到了網路。雖然我宣布了作者因緊急送醫，活動中止，現場仍然有許多臆測與不滿的聲音。」

「表姊，妳辛苦了。」蘭如眞垂眸，不禁感到有些抱歉，倘若她早點告訴路歡，路歡就不用承受這些壓力了。

她剛剛仔細看過，雖然直播影片沒有將李烽、李陽與路歡這頭的動靜拍得很清楚，也沒有將他們的談話內容收音收得很清楚，但還是可以充分看出他們之間僵持與爭執的狀態。

於是討論版上各種猜測聲浪都出來了——有非常接近事實眞相的，也有非常天馬行空的。

有人說依離人的性格根本不會想辦簽書會，一定是在不知情的狀況下遭到出版社與雙胞胎兄弟同時出賣，才有了當日那場活動；也有人猜測離人與出版社的酬庸談不攏，於是趁著公開場合拿喬；甚至有人猜測，離人原就身體狀況欠佳，而雙胞胎兄弟爲了避免他不堪負荷，於是特地跑來阻止他出席；還有一種說法，是出版社昏庸盲目，一開始便找錯對象……

眼花撩亂，眾說紛紜，光是網路上就已經這樣，藺如眞眞不敢想像那天現場是如何的腥風血雨，路歡又是怎麼挺過來的？

「總之，那天我和書店爲了安撫讀者，正在商量是否要開放憑當日發票退書的時候，有大部分讀者表示不願意退款，願意等待擇日活動再辦……」

「是我也不要退書啊，都已經親自跑一趟了，而且，那麼喜歡的作者居然送醫了，怎麼能在這時候退他的書？」忠實讀者藺如眞毫不猶豫地接話。

李烽太陽穴一跳，對於離人的讀者們確實感到有些內疚，雖然他沒有明白表現出來。

當日那樣的情況，加之長期暴露在一個自我否定的環境裡，令他無暇顧及他們的感受，但這並不表示他滿不在乎、無動於衷。

「是啊，如妳所想，大多數讀者是不願意退書的。但是，等待一個不知道何時還會再舉辦的活動也不是那麼容易，更何況，作者的身體情況也不知道樂不樂觀……」說到這裡，路歡若有似無地往李烽那兒看了一眼。

很好，李烽現在的精神和身體狀態看起來都不錯，可以讓她好好地切入主題，路歡的神情瞧著很是愉快。

「那怎麼辦？」藺如真不由得緊張了起來。

「怎麼辦？幸好李陽回來了。」路歡語調快樂地上揚，沒漏掉李烽因此蹙起眉心的表情。「李陽是天生明星，他回來現場之後，不僅解釋了離人過度換氣的宿疾，表明了願意賠償書店與出版社損失，也向在場的讀者們一一道歉賠罪，提了好些解決辦法，比如等待離人身體狀況好些，再以掛號寄送簽名書之類的補償方案，若是活動沒能再次舉辦，至少能夠確保讀者今日沒有白跑一趟，還是能夠拿到簽名書。」

「也是個方法。」藺如真點頭。

「總之呢，因為李陽回來了，書店與讀者那頭都被他擔憂哥哥身體狀況的自責與想解決問題的誠懇深深打動，現場的騷動平息了許多，我也好處理了很多，願意把書留下來等待簽名寄送的讀者通通都把收件資料交出來了，工讀生也通通都去收書留資料了；只要不退書，書店那邊也沒意見了。至於場地費、活動費那些都是小事，反正李陽說他要賠，沒我的事。」路歡露出一個天下太平的表情，說李陽是她的恩公一點也不為過。

「重點是，李陽很帥，他和離人是雙胞胎兄弟，他說一句話比我說一百句都有用。還有，離人居然昏倒了，有什麼比一個憂鬱、憤世、長得帥又被宿疾困擾的才子，來得吸引人？」

路歡說這番話時興高采烈，口吻歡欣，簡直像個無賴，李烽眉心一跳，默默在心裡下了這個結論。藺如眞看見李烽的表情，有些冒冷汗又有點想笑，有這樣的表姊眞是歡樂又恐怖，她覺得李烽一定會找個機會把路歡推下懸崖的。

「你們看，話題性增加了，連銷量都上來了。」路歡興沖沖將一疊表單放在他們眼前。「光是這幾天，書店那頭增加的訂單就有這麼多，已經有三本書準備再刷了。」

「怎麼會？」藺如眞驚呼，將那疊花花綠綠的表單拿到眼前，簡直不敢相信自己的眼睛。

「就是會啊。」路歡喜形於外，只差沒有插腰狂笑了。「我已經說了，有什麼比一個憂鬱、憤世、長得帥又被宿疾困擾的才子來得吸引人？」

路歡沒有看錯，李烽很明目張膽地瞪了她一眼，但她才不怕他呢，她很愉快地瞪回去，唇角一彎，指了指角落另一張長形辦公桌上的好幾堆書本，明明白白地對著李烽挑釁。「喏，那些書就是要簽名寄送給讀者的書，我已經打算好了，要是你不簽，我就找李陽簽，李陽不簽，我就找如眞簽，反正讀者也不知道誰簽的。既然你不管我的簽書會，把簽書會弄得亂七八糟，那我也不要管你，我管你媽媽嫁給誰啊？誰簽名關我鳥事？我是商人，最沒良心了。」路歡新仇加舊恨，這下口吻十足十是個無賴了。

「欸？我?!」什麼什麼什麼？路歡無賴她的，怎麼會牽扯到她身上來？蘭如眞差點沒從椅子上摔下去。

「爲什麼是我簽？」蘭如眞對著路歡驚叫。

「不然你叫他簽啊！」路歡鼻頭朝李烽那裡努了努。

誰叫蘭如眞知情不報，不知道和離人私下往來多久了？不找個機會整整她怎麼行？

「呃？我……這個那個……」表姊，裏屍袋裝得下兩個人嗎？小孬孬表示害怕啊啊啊！

眼見蘭如眞無法期待，而李烽依然坐在那兒從容平穩，一副八風吹不動的模樣，路歡雙手一攤，話鋒一轉。「好吧，算了，反正你有個有情有義的弟弟擋在前頭，願意爲你遮風擋雨一肩扛，通通推給他就可以了。這幾天我就叫來他賠錢，順便簽書。」

「怎麼可能讓他一肩扛？」李烽終於挑了眉。

「那你就自己出來扛啊！」路歡燦笑，笑得令蘭如眞背脊一陣惡寒，但李烽依舊擰著眉，未發一語。

「我已經想過了，手上這份由李陽簽名的離人合約，我是無論如何都會跑完的，唐鈴的故事也依然會和其他的短篇集結出書。當然，我希望我們能正式將合約更改成你的名字，但不管你改不改，唐鈴的故事仍會繼續進行，就像那疊等著簽名的書一樣，無論你簽不簽，我都會找人簽。找你，或是找李陽，二擇一而已。」

「倘若我不做呢？」李烽話音平靜，單純就事論事。

他對於路歡並沒有太多特別的想法，打算先弄清楚路歡這端的盤算再做發言，才是他向來的風格。

「不做？不就法院見啊，你們背信且違約了不是嗎？那天簽書會上，你自己也說了。」路歡雙手盤胸，繼續再道。「現在是你們站不住腳，不是出版社對不起你們，你那天既然來了，我相信你本來就有挨告的心理準備，說不準就是抱著玉石俱焚的打算。不過，簽約的人是李陽，假若出版社這邊要究責，他的麻煩恐怕比你還大一點。」

她打算利用李陽來要脅他？李烽揚起視線，淡薄地與路歡的視線相交，終於弄清楚路歡真正的目的。

「幹麼用一副看負心漢的眼神看我？我可沒有對你始亂終棄。」路歡再次揚起笑容，再度令藺如真打了個哆嗦，不自禁偏眸覷瞧李烽反應。

他看起來仍然仍然淡淡的，她不知道他在想些什麼，但她好擔心。

她擔心出版社對他的處置，擔心他將來的發展，更擔心他什麼都不在乎，什麼都不想要……她不喜歡這樣子。

「書簽完，合約重簽，大家相安無事，合作愉快。你的寫作生涯仍然可以繼續，讀者不會失望，弟弟也不會因此惹上麻煩，出版社對你仁至義盡，這樣的處理非常妥當。」

妥當？「妳在威脅我？」李烽沉聲，瞇細了眼。

「我提供選擇給你。」路歡昂高下巴。

這對話似曾相識，與簽書會上的對峙相同，僅是角色互換而已，再熟悉不過，就連一向遲鈍的雷龍蘭如眞都感受到當中的劍拔弩張，放在膝上的手指不自禁扭絞成結，神色不安，認眞思索起什麼。

李烽瞅了眼蘭如眞的表情，合理地懷疑，路歡之所以找蘭如眞進來辦公室，恐怕是早已猜到他與蘭如眞之間有些不尋常，所以選擇掐他軟肋。

李陽是他的軟肋，蘭如眞當然也是。

路歡是個聰明人，她利用他的弱點要脅他，更何況，他們都深知蘭如眞的性情，會有些什麼反應——

「表姊，妳的意思是說……只要離人願意賠償簽書會的損失，把該簽給讀者的書簽完，再更名重簽合約，那麼，離人的作品就可以繼續出版，社內也不會對離人究責，一切都和原本一樣，是這個意思嗎？」蘭如眞琢磨了好半晌，有些不肯定地發問。

「是啊。」終於反應過來了，雷龍眞不愧是雷龍啊。路歡眞是捏了把冷汗。

她找蘭如眞進來辦公室，就是希望蘭如眞能聽懂她的意思，進而說服離人，沒想到蘭如眞這傻孩子居然聽了這麼久才聽懂。

「李烽，這眞是太好了！」果不其然，蘭如眞弄清楚路歡的意思之後，喜不自勝，高興得不得了，情不自禁往旁邊李烽身上一撲，緊緊抱住。

太好了！這麼一來，什麼事情都沒有了！李烽回歸原本的名字繼續合約，讀者們也能繼續看到他的作品，沒有代筆的糾紛，沒有被告的可能。

笨蛋太開心，全然沒發現她的舉動有多旁若無人。

她這一抱，路歡一頓，李烽一愣，本還興高采烈的蘭如眞看見兩人同時望向她，隨著他們的目光睞向黏在李烽身上的自己，嚇了更大一跳，觸電似從李烽身上彈開。

「我我我——那個，就是一時太高興，你們也知道，人一高興就會得意忘形——」蹋公伯啊！她到底在做什麼啊？蘭如眞的臉色瞬間炸紅。

「妳高興個屁啊？社內要不要對離人究責跟妳有什麼關係？高興到連人家都可以隨便亂抱了？那怎不來抱我？」路歡小人得志，臉上明明白白寫著「看吧，我就知道你們有姦情」，就算此時喊出「山西布政的五千兩在她房裡」也不奇怪。

「我、那個……」蘭如眞覺得她有一天一定會悲憤而亡的。

李烽也被蘭如眞突來的親暱之舉嚇了一跳，耳殼染紅，太陽穴跳個不停，驀然驚覺，這間辦公室根本就是個異次元，而他眼前的兩個外星人一個是流氓，一個是笨蛋。很不幸的，笨蛋還是他女朋友。

「路主編，妳說完了？」李烽清了清喉嚨，決定發話拯救笨蛋。

李烽一開口，路歡嘻嘻笑，更加肯定了他與蘭如眞之間絕對有什麼，而那個「什麼」，絕對比她想像中更「什麼」。

「出版社本來就不是慈善事業，你捅出這樣的漏子，還可以得到這樣的結果與待遇，若不是看在如眞的分上，我是不願這麼做的。」

她這番話說得確實很漂亮，翻譯得更直白一點，就是——你看，我可以告你弟弟，但我沒有；我知道你和我表妹有什麼，所以我大發慈悲，爲了我表妹不想讓你太難看。來，想要解決這些事情很簡單，只要乖乖把合約換了，把書簽了，我就不會爲難你了哦啾咪！

李烽笑了。

路歡的意圖太明顯，他與她合作這麼久，以前只有信件往來和匆匆幾次會面，從來不知道原來她是個這麼聰明且有趣的人。

假若，不依附在一紙以他人爲名的合約底下寫作；假若，一切重新開始……

「我想一想，過幾天給妳答覆。」即便似乎沒有那麼排斥繼續與路歡合作的可能，但他也沒蠢到立刻答應。

路歡不讓他好過，他也不會令她太安逸，磨她個幾日總是必要的。

「好吧，期待你的好消息。」路歡聽見李烽的回答，顯然有些失望。

「走吧。」李烽起身離座，順勢拉起蘭如眞。

「啊？走去哪？」蘭如眞被他拉得一頭霧水。

「作者要離開，好歹也送人家進電梯或進停車場，相信路主編不會介意員工暫時不在座位上的，是吧？」別鬧了，不帶蘭如眞一起走，難道留她在辦公室裡被路歡嚴刑逼供嗎？誰知道路歡緊接著要問蘭如眞什麼？能拖延一時是一時。

「是啦，進電梯或進停車場都好，別進房間就可以了。」路歡沒好氣。李烽以為她聽不出他是故意說來讓她不能拒絕的嗎？

眞糟糕，蘭如眞這麼蠢，怎麼偏偏惹上李烽這麼深沉難纏的傢伙呢？

「……」嘖，外星流氓果然口無遮攔！李烽嫌惡地瞪了路歡一眼，抿唇不回應。

「表姊！」蘭如眞羞窘跺腳。

「去去去，快去快回，回來時幫我買珍珠奶茶，叫妳旁邊那個付錢。」眼前兩人一個紅著耳朵不吭聲，一個紅著兩頰嬌嗔，臉上清清楚楚寫著「戀愛ing」，令她有種被閃到的錯覺，礙眼得不得了，眞想拿掃把將不道德的情侶趕出去，順便在門口撒鹽巴。路歡揮手趕人。

「眞是的，表姊就是喜歡胡說八道……」蘭如眞小跑步跟在人高腿長的李烽後頭，咕咕噥噥地離開路歡辦公室。

✵

「你的車停在B1還是B2？」兩人一進電梯，藺如眞很習慣地站到控制面板那側發問。

她抬手舉在樓層鍵前，兩頰還是紅的。

剛剛被路歡那麼一鬧，整個人都熱烘烘的，就連視線觸及李烽都感到十分彆扭不自在，更何況現在與他在狹窄空間裡獨處，全世界都盈滿了他的存在感，心跳快得無法控制。

李烽睇睞了她一眼，越過她，伸長手指按了一樓。

「欸？」藺如眞一臉疑惑。

「不是要去幫路歡買飲料？」李烽疑惑地瞪回去。

事實上，不只是藺如眞，就連他心裡也感受到有點異樣，只好表露得越平淡。心跳頻率不受控，耳殼溫度也不受控，他開始懷疑戀愛對身心有害。

「我自己去就可以了。」心臟再這樣瘋狂亂跳下去可以嗎？會休克而亡吧？藺如眞心想。

「無妨。」既然覺得戀愛有礙身心健康，爲什麼還要貪圖相處呢？李烽心想。

兩人各懷心思地盯著對方，越盯越緊張，越緊張越不知該如何是好，再不說些什麼，藺如眞就要死掉了。

「對不起，表姊她……她好像知道了，我沒有告訴她，可是……總之，我好像……害你丟臉了，對不起，我不是故意抱住你的，我就是……太高興了而已……」反正都已經緊張尷尬得快死了，死前還是懺悔一下吧！對不起，她是豬隊友。

「高興什麼？」李烽當然知道她在懺悔什麼。

「當然很高興啊。」藺如眞說得再理所當然不過了。

「希望還能看見你的書，也希望你不要惹上麻煩，所以，不管是身爲讀者，或是身爲……女朋友，都很高興。雖然不知道你最後會不會答應簽書換約，但是，至少表姊那端的態度是友善的，無論你怎麼決定，我都會支持你。」

她說話時眼神燦亮亮的，話音堅定，雖然遇到關鍵字時有點緊張停頓，但總歸是一氣呵成，能夠明明白白表示她的想法，毫不遮掩，既露骨又天眞，帶著一種能夠撞擊他心臟的力道，令他不得不回應些什麼。

「手伸出來。」李烽驀然發話。

「啊？」藺如眞乖乖將手伸出去。

「不是這一面。」掌心向下、五指分開，明顯是樂觀愛笑的性格，她的伸手方式眞的好「她」，李烽瞪著她手背，默默有點想笑。

「不是這一面？」藺如眞再度聽話地將手翻回來，手心朝上。

李烽在她掌心放了把鑰匙。

手掌傳來微涼溫度，令藺如眞驚愕垂眸，她當然認得這是什麼，那是907的鑰匙，唇邊一秒漾出笑意，甜甜地漫至心裡。

「回家前想去一趟超市，晚上想吃什麼？」想給她鑰匙，也想她下班後過來吃飯，從來都無法如同她那般坦白，所以只能簡略成這句。

「都好。」藺如眞望著手心裡那把鑰匙笑了。

「紅黃椒和青菜也好？」

「對，紅黃椒和青菜也好。」藺如眞傻笑，因爲是男朋友，因爲是戀愛中，因爲心情很粉紅，所以什麼都好。

可惜李烽隨即皺起眉頭，並沒像她一樣什麼都好。

「爲什麼妳的手是冰的？」她的體溫向來比他高，爲何今日手心卻比他的更冰涼？李烽眉心緊蹙。

「辦公室很冷呀，你不覺得嗎？我今天又忘了帶外套，不過沒關係，等等走著走著就暖——」暖字還沒說完，她的掌心便被李烽連同907的鑰匙合起，面無表情地收進口袋裡。

他的手緊緊包覆著她的，和她的手指一同受困於他的口袋，彷彿能感應到彼此的脈搏，主宰對方的吐息。電梯內一瞬安靜，靜悄悄地只能聽見空調送風的聲音，和過度壓抑的呼吸。

他的耳朵一直是暗紅色的，如今連脖子也染紅了，視線飄到遠方……夠了！電梯裡根本就沒有遠方！

李烽整個人怪異彆扭得不得了，彆扭得讓藺如眞心情好好，幸福得難以言喻，腳趾頭都要捲曲起來，唇角不自禁漾笑。

她男朋友好可愛，是全世界最不坦白的最可愛，沒有人比她男友更可愛。

藺如眞覺得他握住的不是她的手，是她的心臟；或許她掌心裡捏著的也不是鑰匙，是他的心跳。

電梯爲何不在此時故障呢？她第一次希望一樓永遠都不要到……咦？

「那時候，也是一起在電梯裡耶。」藺如眞一副發現新大陸的口吻。

「嗯。」某個彆扭王的眼神還停留在根本不存在的遠方。

「那一次……你是不是身體不舒服？」現在回想起來，當時他不僅吼她，要她別碰他，臉色也不太對勁……憶及當時情景，藺如眞突然覺得有點內疚，她那時還腹誹他呢！

「一點。」李烽淡淡帶過。

「那時候，你在想什麼？」戀愛中的女人總是具備著追究從前的技能，會不會當時，李烽其實覺得她很可愛呢？

「這人在電梯裡吃鹹酥雞是豬嗎？」李烽直言不諱。

壞嘴技能是不會因爲談戀愛而消失的，更何況這是實話，不是壞嘴。

「喂！你很沒禮貌欸你！」假如幸福泡泡可以具象化，藺如眞頭上的粉紅色泡泡瞬間破了兩個。

「那現在呢？你又在想什麼？」難道一點粉紅色的成分也沒有嗎？戀愛中的少女猶不死心。

「這人都到一樓了還不出去是豬嗎？」

啵啵啵啵啵——藺如眞彷彿能夠聽見滿頭泡泡破裂的聲音。

果然，電梯門都已經打開，李烽的另一隻手還按在開門鍵上，不知等了她多久，臉上淨是笑意，取笑她的那種。

「你很煩！」

好恥！藺如眞死命毆打他，打出他一串愉悅笑聲，兩人笑鬧著步出電梯。

他始終如一的壞嘴很討厭，但他牽著她的手好貼心也好溫暖。

她的手早就暖和起來了，可是他並沒有因此放開她，令她連心都暖了，暖洋洋的，眞想整個人都待進他的口袋裡。

「路主編喝珍珠奶茶，妳呢？」行至手搖飲料店的路上，李烽問。

「一樣。」藺如眞想也不想地答，驀然間聯想到一件非常重要的事。

「對了，我早上收到唐鈴的結局，也看完了。」對！她怎會忘了？她要殺他的啊啊啊！藺如眞心思一轉。

「嗯？」李烽淡淡揚眉。

「嗯什麼嗯？唐鈴怎麼可以死了？唐海棠也好可憐啊！」腦粉蘭如真十分悲憤。

「作者只負責寫人生百態而已，要如何感受是讀者的事。」始作俑者十分淡定。

是沒錯啦，但是……

「難道就不能給唐鈴一個好結局嗎？」蘭如真咬牙。

「這就是最好的結局。」

「……哼！」

討厭！想反駁他，好像又反駁不太下去。蘭如真恨恨地瞪了他一眼，又覺有些理虧，只好多哼幾聲洩憤。

「雖然……你說要如何感受是讀者的事，但是，可以問你關於故事的問題嗎？」哼哼了一段路，蘭如真向來跳躍式的思路又轉去別處了。

「妳說說看。」

「唐海棠是你？還是李陽？」

李烽停下腳步，握著她的五指僵硬一收，視線對上她清澈的眼。

她總是很真誠、很坦白、很透明，即便大多時候都像個笨蛋……卻總是有著他意料之外的細膩與聰明。

唐海棠是他？
還是李陽？

（下冊待續）

國家圖書館出版品預行編目資料

雙子/宋亞樹作. -- 初版. -- 臺北市：春光出版, 城邦文化事業股份有限公司出版：英屬蓋曼群島商家庭傳媒股份有限公司城邦分公司發行, 民111.01
面； 公分. --(奇幻愛情；89)
ISBN 978-986-5543-68-6(上冊：平裝)

863.57 110020531

雙子・上冊

作　　者／宋亞樹
企劃選書人／王雪莉
責 任 編 輯／王雪莉、張婉玲

版權行政暨數位業務專員／陳玉鈴
資深版權專員／許儀盈
行 銷 企 劃／陳姿億
行銷業務經理／李振東
總　編　輯／王雪莉
發　行　人／何飛鵬
法 律 顧 問／元禾法律事務所　王子文律師
出　　版／春光出版
臺北市104中山區民生東路二段 141 號 8 樓
電話：(02) 2500-7008　傳真：(02) 2502-7676
部落格：http://stareast.pixnet.net/blog E-mail：stareast_service@cite.com.tw
發　　行／英屬蓋曼群島商家庭傳媒股份有限公司城邦分公司
臺北市中山區民生東路二段 141 號11 樓
書虫客服服務專線：(02) 2500-7718 / (02) 2500-7719
24小時傳真服務：(02) 2500-1990 / (02) 2500-1991
服務時間：週一至週五上午9:30～12:00，下午13:30～17:00
郵撥帳號：19863813　戶名：書虫股份有限公司
讀者服務信箱E-mail: service@readingclub.com.tw
歡迎光臨城邦讀書花園 網址：www.cite.com.tw
香港發行所／城邦（香港）出版集團有限公司
香港灣仔駱克道 193 號東超商業中心 1 樓
電話：(852) 2508-6231　　傳真：(852) 2578-9337
E-mail : hkcite@biznetvigator.com
馬新發行所／城邦（馬新）出版集團　Cite(M)Sdn. Bhd
41, Jalan Radin Anum, Bandar Baru Sri Petaling,
57000 Kuala Lumpur, Malaysia.
Tel: (603) 90578822 Fax:(603) 90576622 E-mail:cite@cite.com.my

封 面 設 計／蔡佩紋
封 面 插 畫／瑞讀
內 頁 排 版／極翔企業有限公司
印　　刷／高典印刷有限公司

■ 2022 年（民 111） 3 月 3 日初版一刷
Printed in Taiwan

售價／330元

城邦讀書花園
www.cite.com.tw

ISBN 978-986-5543-68-6

廣　告　回
北區郵政管理登記
臺北廣字第000791
郵資已付，免貼郵

104臺北市民生東路二段141號11樓

英屬蓋曼群島商家庭傳媒股份有限公司
城邦分公司

請沿虛線對折，謝謝！

愛情・生活・心靈
閱讀春光，生命從此神采飛揚

春光出版

書號：OF0079　　書名：雙子・上冊

請於此處用膠水黏貼

讀者回函卡

謝您購買我們出版的書籍！請費心填寫此回函卡，我們將不定期寄上城邦集
最新的出版訊息。亦可掃描QR CODE，填寫電子版回函卡。

姓名：________________

性別：□男 □女

生日：西元________年________月________日

地址：________________

聯絡電話：________________ 傳真：________________

E-mail：________________

職業：□1.學生 □2.軍公教 □3.服務 □4.金融 □5.製造 □6.資訊

□7.傳播 □8.自由業 □9.農漁牧 □10.家管 □11.退休

□12.其他 ________________

您從何種方式得知本書消息？

□1.書店 □2.網路 □3.報紙 □4.雜誌 □5.廣播 □6.電視

□7.親友推薦 □8.其他 ________________

您通常以何種方式購書？

□1.書店 □2.網路 □3.傳真訂購 □4.郵局劃撥 □5.其他 ________

您喜歡閱讀哪些類別的書籍？

□1.財經商業 □2.自然科學 □3.歷史 □4.法律 □5.文學

□6.休閒旅遊 □7.小說 □8.人物傳記 □9.生活、勵志

□10.其他 ________________

為提供訂購、行銷、客戶管理或其他合於營業登記項目或章程所定業務之目的，英屬蓋曼群島商家庭傳媒（股）公司城邦分公司，於本集團之營運期間及地區內，將以電郵、傳真、電話、簡訊、郵寄或其他公告方式利用您提供之資料（資料類別：C001、C002、C003、C011等）。利用對象除本集團外，亦可能包括相關服務的協力機構。如您有依個資法第三條或其他需服務之處，得致電本公司客服中心電話 (02)25007718請求協助。相關資料如為非必要項目，不提供亦不影響您的權益。

1. C001辨識個人者：如消費者之姓名、地址、電話、電子郵件等資訊。
2. C002辨識財務者：如信用卡或轉帳帳戶資訊。
3. C003政府資料中之辨識者：如身分證字號或護照號碼（外國人）。
4. C011個人描述：如性別、國籍、出生年月日。

請於此處用膠水黏貼

Aki Sung
宋亞樹

Aki Sung
宋亞樹